महाकविकालिदासप्रणीतं

# रघुवंशमहाकाव्यम्

कोलाचलश्रीमल्लिनाथसूरिकृतया सञ्जीविन्या

**श्री धारादत्तमिश्रकृत**

'छात्रोपयोगिनी' व्याख्यया भाषानुवादेन च सहितम्

प्रथमः सर्गः



**मोतीलाल बनारसीदास**

दिल्ली, मुम्बई, चेन्नई, कोलकाता,
बंगलूरू, वाराणसी, पटना

*पंचम् पुनर्मुद्रण: दिल्ली* **2017**
*संस्करण: दिल्ली, 1983*



ISBN: 978-81-208-2560-4

**मोतीलाल बनारसीदास**

41 यू.ए. बंग्लो रोड, जवाहर नगर, दिल्ली 110 007
236, नाइंथ मेन, III ब्लॉक, जयनगर, बंगलूरू 560 011
8 महालक्ष्मी चैम्बर, 22, भुलाभाई देसाई रोड, मुम्बई 400 026
203 रायपेट्टा हाई रोड, मैलापोर, चेन्नई 600 004
8 कैमेक स्ट्रीट, कोलकाता 700 017
अशोक राजपथ, पटना 800 004
चौक, वाराणसी 221 001

आर.पी. जैन के द्वारा एन ए बी प्रिंटिंग यूनिट,
ए-44, नारायणा, फेज़-1, नई दिल्ली 110 028 में मुद्रित
एवं जे.पी. जैन द्वारा मोतीलाल बनारसीदास
41 यू.ए., बंगलो रोड, जवाहर नगर, दिल्ली-110 007, के लिए प्रकाशित

# भूमिका

महाकवि कालिदास निर्मित रघुवंश महाकाव्य की अनेक टीकाएँ संस्कृत तथा हिन्दी में छपी हैं। इन सब में मल्लिनाथ की संजीवनी, सर्वोत्तम एवं सर्वमान्य है। अन्य सभी टीकाएँ कोमल बुद्धि प्रथमा के छात्रों के लिये दुर्बोध तथा भ्रामक-सी प्रतीत होती हैं।

संजीवनी विद्वानों तथा उच्च कक्षा के छात्रों के लिये सर्वथा पूर्ण एवं सरल है, इसमें लेशमात्र भी सन्देह नहीं है। किन्तु इससे प्रथमा के छात्र पूरा २ लाभ उठाने में असमर्थ रहते हैं।

अतः प्रस्तुत "छात्रोपयोगिनी" टीका को हमने सर्वथा सरल तथा सुबोध बनाने का पूर्ण प्रयत्न किया है।

प्रत्येक पद का पर्याय उसी शब्द के सामने दिया है। दीर्घ-समास में भी प्रत्येक पद का पर्याय उसी के सामने दिया गया है, जिससे छात्रों को सरलता से प्रत्येक पद का अर्थज्ञान हो जाय। और दूसरा लाभ यह होगा कि समस्त पदों का दीर्घाकार पर्याय रटना भी न पड़ेगा। केवल ध्यानपूर्वक पठनमात्र से छात्रों को अन्वय, समास तथा पदार्थ का ज्ञान हो जायगा।

हिन्दी लिखने में भी यही ध्यान रखा गया है कि छात्रों को श्लोक का पूर्ण-रूपेण ज्ञान हिन्दी में भी सम्यक् रूप से हो जाय।

हमारा विश्वास है कि इससे छात्रों को रटना नहीं पड़ेगा। आशा है प्रथमा के छात्रों का इससे पूरा २ लाभ होगा। फिर भी त्रुटियों का रह जाना असम्भव नहीं है। पाठक सुधार कर क्षमा करेंगे।

विदुषां विधेयः

धारादत्तशास्त्री मिश्रः शांकरिः
प्रधानाचार्यः
हरदेवदास श्रीलाल गोयनका विद्यालय
वाराणसी

काशी
श्रावणी पूर्णिमा
२०११ विक्रम

# प्रथमसर्ग की कथा

कविकुलशिरोमणि महाकवि कालिदास सर्वप्रथम शिव-पार्वती को प्रणाम करके रघुकुल का वर्णन करते हैं।

भगवान् सूर्य के पुत्र मनु सूर्य-वंश के प्रवर्तक हुए और उन्हीं के वंश में भव्यमूर्ति, बुद्धिमान्, प्रजावत्सल राजा दिलीप हुए। राजा दिलीप को सन्तान नहीं थी, अतः समस्त भूमण्डल के एकमात्र राजा होते हुए भी वे बड़े दुःखी रहा करते थे।

एक दिन राज्यभार अपने मन्त्रियों को सौंपकर महारानी सुदक्षिणा को साथ लेकर उन्होंने अपने कुलगुरु महर्षि वसिष्ठ के आश्रम को प्रस्थान किया। मार्ग में सुन्दर वन तथा कमलयुक्त तालाबों की शोभा देखते हुए तथा हरिणादि पशु-पक्षियों की मनोहर वाणी सुनते हुए और अपनी ग्रामीण प्रजा की भेंट को स्वीकार करते हुए सायंकाल में ऋषियों से भरे हुए गुरु के आश्रम में पहुँचे।

राजा के आश्रम में पहुँचते ही सभ्यों ने अपने रक्षक राजा का सत्कार किया और राजा ने अरुन्धती सहित गुरुजी के दर्शन किये तथा चरणस्पर्श कर गुरु का आशीर्वाद प्राप्त किया। कुशलक्षेम पूछने के बाद राजा ने सन्तान न होने के कारण अपना कष्ट गुरुजी से कहा। गुरुजी ने समाधि के द्वारा कारण जानकर राजा से कहा—कि एक समय स्वर्ग से लौटते हुए तुमने कल्पवृक्ष की छाया में बैठी हुई कामधेनु की प्रदक्षिणा आदि पूजा नहीं की थी। उसी ने तुम्हें शाप दे दिया और वह कामधेनु इस समय वरुण के एक बड़े यज्ञ के लिए पाताल गई है, अतः तुम कामधेनु की सन्तान नन्दिनी जो कि यहाँ है उसी की सेवा करो। नन्दिनी भी कामधेनु के समान प्रसन्न होनेपर मनोरथ को पूर्ण करनेवाली है। अतः हे राजन्, तुम जंगली कन्द, मूल, फल खाकर नन्दिनी के चलने पर चलना बैठने पर बैठना और इसके जल पीने पर जल पीना और तुम्हारी धर्म-पत्नी भी नियमपूर्वक प्रातः चन्दनपुष्पादि से इस नन्दिनी की पूजा करके तपोवन की सीमा तक इसका अनुगमन करे तथा सायंकाल वहीं तक सन्मुख लेने जावे। इस प्रकार सेवा में तत्पर रहो जब तक कि यह प्रसन्न न हो। यह कहकर वसिष्ठजी ने गो-सेवारूपी व्रत की विधि का उपदेश देकर राजा को विश्राम करने की आज्ञा दी और राजा ने गुरुजी की बताई हुई पर्णकुटी में रात बिताई।

# श्रीरघुवंश-महाकाव्यम्

## सञ्जीविनी-छात्रोपयोगिनी-हिन्दीटीकायुतम्,

## प्रथमः सर्गः

मातापितृभ्यां जगतो नमो वामार्धजानये ।
सद्यो दक्षिणदृक्पातसंकुचद्वामदृष्टये ।।

अन्तरायतिमिरोपशान्तये शान्तपावनमचिन्त्यवैभवम् ।
तं नरं वपुषि कुञ्जरं मुखे मन्महे किमपि तुन्दिलं महः ।।

शरणं करवाणि शर्मदं ते चरणं वाणि चराचरोपजीव्यम् ।
करुणामसृणैः कटाक्षपातैः कुरु मामम्ब कृतार्थसार्थवाहम् ।।

वाणीं काणभुजीमजीगणदवाशासीच्च वैयासिकी-
मन्तस्तन्त्रमरंस्त पन्नगगवीगुम्फेषु चाजागरीत् ।
वाचामाकलयद्रहस्यमखिलं यश्चाक्षिपादस्फुरां
लोकेऽभूद्यदुपज्ञमेव विदुषां सौजन्यजन्यं यशः ।।

मल्लिनाथकविः सोऽयं मन्दात्मानुजिघृक्षया ।
व्याचष्टे कालिदासीयं काव्यत्रयमनाकुलम् ।।

कालिदासगिरां सारं कालिदासः सरस्वती ।
चतुर्मुखोऽथवा साक्षाद्विदुर्नान्ये तु मादृशाः ।।

तथापि दक्षिणावर्तनाथाद्यैः क्षुण्णवर्त्मसु ।
वयं च कालिदासोक्तिष्ववकाशं लभेमहि ।।

भारती कालिदासस्य दुर्व्याख्याविषमूर्छिता ।
एषा सञ्जीविनी टीका तामद्योज्जीवयिष्यति ।।

इहान्वयमुखेनैव सर्वं व्याख्यायते मया ।
नामूलं लिख्यते किञ्चिन्नानपेक्षितमुच्यते ।।

**सञ्जीविनी**—इह खलु सकलकविशिरोमणिः कालिदासः 'काव्यं यशसेऽर्थकृते व्यवहारविदे शिवेतरक्षतये। सद्यः परनिर्वृतये कान्तासंमिततयोपदेशयुजे' इत्याद्यालंकारिकवचनप्रामाण्यात्काव्यस्यानेकश्रेयःसाधनताम्, 'काव्यालापांश्च वर्जयेत्' इत्यस्य निषेधशास्त्रस्यासत्काव्यविषयतां च पश्यन्, रघुवंशाख्यं महाकाव्यं चिकीर्षुः, चिकीर्षितार्थाविघ्नपरिसमाप्तिसंप्रदायाविच्छेदलक्षणफलसाधनभूतविशिष्टदेवतानमस्कारस्य शिष्टाचारपरिप्राप्तत्वात्, 'आशीर्नमस्क्रिया वस्तुनिर्देशो वापि तन्मुखम्' इत्याशीर्वादाद्यन्यतमस्य प्रबन्धमुखलक्षणत्वात्काव्यनिर्माणस्य विशिष्टशब्दार्थप्रतिपत्तिमूलकत्वेन विशिष्टशब्दार्थयोश्च 'शब्दजातमशेषं तु धत्ते शर्वस्य वल्लभा। अर्थरूपं यदखिलं धत्ते मुग्धेन्दुशेखरः'॥ इति वायुपुराणसंहितावचनबलेन पार्वतीपरमेश्वरायत्तत्वदर्शनात्तत्प्रतिपित्सया तावभिवादयते—

वागर्थाविव संपृक्तौ वागर्थप्रतिपत्तये।
जगतः पितरौ वन्दे पार्वतीपरमेश्वरौ ॥१॥

**सञ्जीविनी**—वागर्थाविवेत्येकं पदम्। "इवेन सह नित्यसमासो विभक्त्यलोपश्च पूर्वपदप्रकृतिस्वरत्वं चेति वक्तव्यम्"। एवमन्यत्रापि द्रष्टव्यम्। वागर्थाविव शब्दार्थाविव संपृक्तौ नित्यसंबद्धावित्यर्थः। नित्यसंबद्धयोस्तथात्वेऽपि 'नित्यः शब्दार्थसंबन्धः' इति मीमांसकाः। जगतो लोकस्य पितरौ। माता च पिता च पितरौ। "पिता मात्रा" इति द्वन्द्वैकशेषः। 'मातापितरौ पितरौ मातरपितरौ प्रसूजनयितारौ' इत्यमरः। एतेन शर्वशिवयोः सर्वजगज्जनकतया वैशिष्ट्यमिष्टार्थप्रदानशक्तिः परमकारुणिकत्वं च सूच्यते। पर्वतस्यापत्यं स्त्री पार्वती "तस्यापत्यम्" इत्यण्। "टिड्ढाणञ् द्वयसज्दघ्नञ्०" इत्यादिना ङीप्। पार्वती च परमेश्वरश्च पार्वतीपरमेश्वरौ। परमशब्दः सर्वोत्तमत्वद्योतनार्थः। मातुरभ्यर्हितत्वादल्पाक्षरत्वाच्च पार्वतीशब्दस्य पूर्वनिपातः। वागर्थप्रतिपत्तये शब्दार्थयोः सम्यग्ज्ञानार्थं वन्देऽभिवादये। अत्रोपमालंकारः स्फुट एव। तथोक्तम्—'स्वतः सिद्धेन भिन्नेन संपन्नेन च धर्मतः। साम्यमन्येन वर्ण्यस्य वाच्यं चेदेकगोपमा ॥' इति। प्रायिकश्चोपमालंकारः कालिदासोक्तकाव्यादौ। भूदेवताकस्य सर्वगुरोर्मगणस्य प्रयोगाच्छुभलाभः सूच्यते। तदुक्तम्—'शुभदो मो भूमिमयः' इति। वकारस्यामृतबीजत्वात्प्रचयगमनादिसिद्धिः ॥१॥

नत्वा सरस्वतीं दिव्यां, ध्यात्वा साम्बञ्च शंकरम् ।
करोमि रघुवंशस्य, व्याख्यां छात्रोपयोगिनीम् ॥

**अन्वयः**— 'अहं कालिदासः' वागर्थाविव, सम्पृक्तौ, जगतः, पितरौ, पार्वतीपरमेश्वरौ, वागर्थप्रतिपत्तये, वन्दे ।

**वाच्य०**—"मया" पार्वतीपरमेश्वरौ, वागर्थप्रतिपत्तये वन्द्येते ।

**व्याख्या**—वाक्=वाणी, च अर्थः=अभिधेयश्चेति वागर्थौ, वागर्थौ इव=यथा, इति वागर्थाविव, सम्पृक्तौ=संमिलितौ=नित्यसंबद्धावित्यर्थः, गच्छतीति जगत्, तस्य जगतः=संसारस्य, माता=जननी, च, पिता=जनकश्चेति पितरौ (एकशेषः) पर्वतस्यापत्यं स्त्री पार्वती, ईशितुं शीलमस्येतीश्वरः, परमश्चासौ, ईश्वरः, परमेश्वरः, पार्वती=भवानी, च, परमेश्वरः=शिवश्चेति, पार्वतीपरमेश्वरौ, (पार्वतीं पातीति पार्वतीपः, रमाया ईश्वरः, रमेश्वरः, पार्वतीपः=शिवः, रमेश्वरः=विष्णुः तौ पार्वतीपरमेश्वरौ, पार्वतीं पिपर्तीति पार्वतीपरः=शिवः, माया ईश्वरः मेश्वरः=विष्णुरिति तौ पार्वतीपरमेश्वरौ) वाक्=वाणी च, अर्थोऽभिधेयश्चेति वागर्थौ, तयोः, प्रतिपत्तिः=ज्ञानमिति वागर्थप्रतिपत्तिस्तस्यै वागर्थप्रतिपत्तये, वन्दे=प्रणमामि ।

**समा०**—वाक् च अर्थः च वागर्थौ, वागर्थौ इव वागर्थाविव । माता च पिता च पितरौ तौ, पितरौ । पर्वतस्य अपत्यम् स्त्री पार्वती ईशितुम् शीलम् अस्य इति ईश्वरः, पार्वती च परमेश्वरः च पार्वतीपरमेश्वरौ तौ, तथोक्तौ । वाक् च अर्थः च वागर्थौ, वागर्थयोः प्रतिपत्तिः, वागर्थप्रतिप्रत्तिः, तस्यै वागर्थप्रतिपत्तये ।

**अभि०**—महाकविः कालिदासः, काव्यनिर्माणार्थंगवेक्षितयोः शब्दार्थयोः सम्यग्ज्ञानाय, जगतः पितरौ, उमामहेश्वरौ मिलितौ शब्दार्थौ, इव प्रणमति ।

**हिन्दी**—शब्द और अर्थ के समान (नित्यसम्बद्ध) एकरूप, और संसार के माता-पिता पार्वतीजी और शिवजी को, शब्द और अर्थ का ठीक ठीक ज्ञान तथा व्यवहार करने के लिये, मैं (कालिदास) प्रणाम करता हूँ ॥१॥

संप्रति कविः स्वाहंकारं परिहरति 'क्व सूर्य–' इत्यादिश्लोकद्वयेन—

क्व सूर्यप्रभवो वंशः क्व चाल्पविषया मतिः ।
तितीर्षुर्दुस्तरं मोहादुडुपेनास्मि सागरम् ॥ २ ॥

सञ्जीविनी—प्रभवत्यस्मादिति प्रभवः कारणम् । "ऋदोरप्" "अकर्तरि च कारके संज्ञायाम्" इति साधुः । सूर्यप्रभवो वंशः क्व । अल्पो विषयो ज्ञेयोऽर्थो यस्याः सा मे मतिः प्रज्ञा च क्व । द्वौ क्वशब्दौ महदन्तरं सूचयतः । सूर्यवंशमाकलयितुं न शक्नोमीत्यर्थः । तथा च तद्विषयप्रबन्धनिरूपणं तु दूरापास्तमिति भावः । तथाहि । दुस्तरं तरितुमशक्यम् "ईषद्दुःसुषु०" इत्यादिना खल्प्रत्ययः । सागरं मोहादज्ञानादुडुपेन प्लवेन । 'उडुपं तु प्लवः कोलः' इत्यमरः । अथवा चर्मावनद्धेन यानपात्रेण । 'चर्मावनद्धमुडुपं प्लवः काष्ठं करण्डवत्' इति सज्जनः । तितीर्षुस्तरीतुमिच्छुरस्मि भवामि । तरतेः सन्नन्तादुप्रत्ययः । अल्पसाधनैरधिकारम्भो न सुकर इति भावः । इदं च वंशोत्कर्षकथनं स्वप्रबन्धमहत्त्वार्थमेव । तदुक्तम्—'प्रतिपाद्यमहिम्ना च प्रबन्धो हि महत्तरः' इति ॥२॥

**अन्वयः—सूर्यप्रभवः, वंशः, क्व, अल्पविषया, "मम" मतिश्च, क्व, "अहम्" मोहात्, दुस्तरं, सागरम्, उडुपेन, तितीर्षुः, अस्मि ।**

**वाच्य०**—सूर्यप्रभवेण, वंशेन क्व "भूयते" अल्पविषयया "मम" मत्या च क्व "भूयते" "मया" मोहात्, उडुपेन दुस्तरं सागरं तितीर्षुणा भूयते ।

**व्याख्या**—प्रभवत्यस्मात् इति प्रभवः, सूर्यः = सविता, प्रभवः = कारणं, यस्य स सूर्यप्रभवः, वंशः = अन्वयः = कुलमित्यर्थः, क्व = कुत्र, अल्पः = स्वल्पः विषयः = ज्ञेयोऽर्थः, यस्याः सा, अल्पविषया "मम" मतिः = बुद्धिः, क्व = कुत्र, महदन्तरमस्तीत्यर्थः, तथाहि "अहम्" दुस्तरं = तरितुमशक्यम्, सागरं = समुद्रं, मोहात् = अज्ञानात्, उडुपेन = प्लवेन = चर्मावनद्धयानपात्रेण, तरीतुमिच्छति तितीर्षति, तितीर्षतीति, तितीर्षुः = तरीतुमिच्छुः, अस्मि = भवामि । स्वल्पसाधनैरधिकारम्भो न सम्यगस्तीति भावः ।

**समा०**—प्रभवति अस्मात् इति प्रभवः, सूर्यः प्रभवः यस्य सः सूर्यप्रभवः । अल्पः विषयः यस्याः सा अल्पविषया । तरीतुम् इच्छति इति तितीर्षति, तितीर्षति इति तितीर्षुः ।

**अभि०**—महतः सूर्यवंशस्य मन्दबुद्धेश्च मम महदन्तरे वर्तमानेऽपि सूर्यवंशवर्णने मम प्रवृत्तिस्तथैव हास्यास्पदं यथा कश्चिन्मूर्खः उडुपेन महासागरं तितीर्षतीति ।

**हिन्दी**—कहां तो सूर्य से उत्पन्न हुआ वह तेजस्वी वंश, और कहाँ मन्दबुद्धि मैं ? ( अर्थात् इस बात को मैं जानता हूँ कि पराक्रमी प्रभावशाली रघु के वंश का वर्णन करने में मैं सर्वथा अयोग्य हूँ फिर भी मेरी मूर्खता है कि) मैं उसी तरह इसे पार करना चाहता हूँ जैसे कोई छोटी-सी डोंगी से अपार समुद्र को पार करने की इच्छा कर रहा हो ॥२॥

मन्दः कवियशःप्रार्थी गमिष्याम्युपहास्यताम् ।
प्रांशुलभ्ये फले लोभादुद्बाहुरिव वामनः ॥ ३ ॥

**सञ्जीविनी**—किं च मन्दो मूढः। 'मूढाल्पापटुनिर्भाग्या मन्दाः स्युः' इत्यमरः। तथापि कवियशःप्रार्थी। कवीनां यशः काव्यनिर्माणेन जातं तत्प्रार्थनाशीलोऽहं प्रांशुनोन्नतपुरुषेण लभ्ये प्राप्ये फले फलविषये लोभादुद्बाहुः फलग्रहणायोच्छ्रितहस्तो वामनः खर्व इव। 'खर्वो ह्रस्वश्च वामनः' इत्यमरः। उपहास्यतामुपहासविषयताम्। "ऋहलोर्ण्यत्" इति ण्यत्प्रत्ययः। गमिष्यामि प्राप्स्यामि ॥३॥

**अन्वयः**—मन्दः, "तथापि" कवियशःप्रार्थी, "अहं" प्रांशुलभ्ये, फले, लोभात् उद्बाहुः, वामनः, इव, उपहास्यतां, गमिष्यामि।

**वाच्य०**—मन्देन कवियशःप्रार्थिना "मया" प्रांशुलभ्ये फले, लोभादुद्बाहुना वामनेनेव, उपहास्यता गंस्यते।

**व्याख्या**—"किञ्च" मन्दः = मूढः, मूर्ख इत्यर्थः, "तथापि" कवयन्तीति कवयः, कविताकर्तारस्तेषां, यशः = काव्यनिर्माणेन जातमितिकवियशः, तत् प्रार्थयितुं = काङ्क्षितुं शीलमस्येति कवियशःप्रार्थी, "अहम्" प्रांशुना = उन्नतपुरुषेण, लभ्यं = प्राप्यं, तस्मिन् प्रांशुलभ्ये, फले = आम्रादिफलनिषये, लोभात् = फललिप्सया, उच्छ्रितौ = ऊर्ध्वंकृतौ, बाहू = भुजौ, यस्य स उद्बाहुः, वामनः = खर्वः, इव = यथा, 'खर्वो ह्रस्वश्च वामनः' इत्यमरः। उपहास्यस्य भाव उपहास्यता तामुपहास्यताम् = उपहासविषयतां, गमिष्यामि = प्राप्स्यामि।

**समा०**—कवयन्ति इति कवयः कवीनां यशः कवियशः, कवियशः प्रार्थयितुम् शीलम् अस्य इति कवियशःप्रार्थी। लब्धुम् योग्यम् लभ्यम्, प्रांशुना लभ्यम् प्रांशुलभ्यम्, तस्मिन् प्रांशुलभ्ये। उच्छ्रितौ बाहू यस्य स उद्बाहुः। उपहास्यस्य भावः उपहास्यता, ताम् उपहास्यताम्।

**अभि०**—मन्दोऽहं महनीयचरितस्य रघुवंशस्य वर्णने तथैवोपहास्यो भविष्यामि, यथा वामनः पुरुषः, उन्नतपुरुषेण प्राप्ये फले उच्छ्रितबाहुः सन् उपहास्यो भवति।

**हिन्दी**—बड़े बड़े कवियों के यश को चाहने वाला मन्दबुद्धि मैं उसी प्रकार हँसी को प्राप्त होऊँगा, जैसे कि लम्बे मनुष्य के पहुँचने योग्य फल की ओर 'फल तोड़ने के लिये' ऊपर हाथ फैलाए बौना ॥३॥

मन्दश्चेत्तर्हि त्यज्यतामयमुद्योग इत्यत आह—

**अथवा कृतवाग्द्वारे वंशेऽस्मिन्पूर्वसूरिभिः।**
**मणौ वज्रसमुत्कीर्णे सूत्रस्येवास्ति मे गतिः ॥४॥**

**सञ्जीविनी**—अथवा पक्षान्तरे पूर्वैः सूरिभिः कविभिर्वाल्मीक्यादिभिः कृतवाग्द्वारे कृतं रामायणादिप्रबन्धरूपा या वाक्सैव द्वारं प्रवेशो यस्य तस्मिन्। अस्मिन्सूर्यप्रभवे वंशे कुले। जन्मनैकलक्षणः संतानो वंशः। वज्रेण मणिवेधकसूचीविशेषेण। 'वज्रं त्वस्त्री कुलिशशस्त्रयोः। मणिवेधे रत्नभेदे' इति केशवः। समुत्कीर्णे विद्धे मणौ रत्ने सूत्रस्येव मे मम गतिः संचारोऽस्ति। वर्णनीये रघुवंशे मम वाक्प्रसरोऽस्तीत्यर्थः ॥४॥

**अन्वयः**—अथवा, पूर्वसूरिभिः, कृतवाग्द्वारे, अस्मिन्, वंशे, वज्रसमुत्कीर्णे, मणौ, सूत्रस्य, इव, मे, गतिः, अस्ति।

**वाच्य०**—अथवा अस्मिन्, वंशे, मणौ सूत्रस्येव मे गत्या भूयते।

**व्याख्या**—अथवा = पक्षान्तरे, पूर्वे = प्रथमे च ते सूरयः = कविवाल्मीक्यादयः, तैः पूर्वसूरिभिः, वक्तीति वाक्, वागेव द्वारं, वाग्द्वारं, कृतं = विहितं, वाग्द्वारं यस्य स कृतवाग्द्वारस्तस्मिन् कृतवाग्द्वारे = रचितरामायणरूपप्रवेशे अस्मिन् = सूर्यप्रभवे वंशे, वज्रेण = मणिवेधकसूचीविशेषेण, समुत्कीर्णः = विद्धस्तस्मिन्, वज्रसमुत्कीर्णे, मणौ = रत्ने, सूत्रस्य = तन्तोः, इव = यथा, मे = मम, गतिः = सञ्चारः, अस्ति = वर्तते। वर्णनीयेऽस्मिन् सूर्यप्रभवे रघुवंशे मम वाणीप्रसरोऽस्ति।

**समा०**—पूर्वे च ते सूरयः पूर्वसूरयः तैः पूर्वसूरिभिः, वक्ति इति वाक्, वाक् एव द्वारम् वाग्द्वारम्, कृतम् वाग्द्वारम् यस्य सः कृतवाग्द्वारः, तस्मिन् कृतवाग्द्वारे, वज्रेण समुत्कीर्णः वज्रसमुत्कीर्णः तस्मिन् वज्रसमुत्कीर्णे।

अभि०—यथा मणिवेधकसूचीविद्धे रत्ने सूत्रस्य गतिः भवति तथैव महर्षि-वाल्मीकिरचितरामायणप्रबन्धद्वारेण, सूर्यवंशेऽस्मिन् मे सञ्चारो भविष्यति ।

हिन्दी—( किन्तु मुझे एक ही विश्वास है कि ) वाल्मीकि आदि पूर्व कवियों ने सूर्यवंश पर रामायण आदि काव्य लिखकर, वाणी का द्वार पहले ही खोल दिया है। इस लिये उसमें प्रवेश कर जाना, तथा सूर्यवंश का पुनः वर्णन करना, मेरे लिये वैसे ही सरल है जिस प्रकार हीरे की कनी से बिधे हुए मणि में डोरा पिरोना सरल है ॥४॥

एवं रघुवंशे लब्धप्रवेशस्तद्वर्णनं प्रतिजानानः 'सोऽहम्' इत्यादिभिः पञ्चभिः श्लोकैः कुलकेनाह—

सोऽहमाजन्मशुद्धानामाफलोदयकर्मणाम् ।
आसमुद्रक्षितीशानामानाकरथवर्त्मनाम् ॥ ५ ॥

सञ्जीविनी-सोऽहम् । 'रघूणामन्वयं वक्ष्ये' इत्युत्तरेण सम्बन्धः । किंविधानां रघूणामित्यत्रोत्तराणि विशेषणानि योज्यानि । आ जन्मनः जन्मारभ्येत्यर्थः 'आङ्मर्यादाभिविध्योः' इत्यव्ययीभावः । शुद्धानाम् । सुप्सुपेति समासः । एवमुत्तरत्रापि द्रष्टव्यम् । आजन्मशुद्धानाम् । निषेकादिसर्वसंस्कारसंपन्नानामित्यर्थः । आ फलोदयमा फलसिद्धेः कर्म येषां ते तथोक्तास्तेषाम् । प्रारब्धान्तगामिनामित्यर्थः । आसमुद्रं क्षितेरीशानाम् । सार्वभौमाणामित्यर्थः । आनाकं रथवर्त्म येषां तेषाम् । इन्द्रसहचारिणामित्यर्थः । अत्र सर्वत्राङोऽभिविध्यर्थत्वं द्रष्टव्यम् । अन्यथा मर्यादार्थत्वे जन्मादिषु शुद्धयभावप्रसङ्गात् ॥५॥

अन्वयः—स, अहम्, आजन्मशुद्धानाम् आफलोदयकर्मणाम्, आसमुद्रक्षितीशानाम्, आनाकरथवर्त्मनां "रघूणाम् अन्वयं वक्ष्ये" ।

वाच्य०—तेन मया रघूणामन्वयो वक्ष्यते, 'इति नवमश्लोकस्थपदेन सम्बन्धः' ।

व्याख्या—सः = मन्दः, अहम् = कालिदासः, जन्मनः, आ, इति, आजन्म, = जन्मत आरभ्य शुद्धाः = निषेकादिसम्पूर्णसंस्कारसम्पन्नास्तेषाम्, आजन्मशुद्धानाम्, फलस्य = परिणामस्य, उदयः = सिद्धिः, इति फलोदयः फलोदयमभिव्याप्य, इत्याफलोदयम्, आफलोदयं, कर्म = क्रिया उद्योग इति यावत्, येषान्ते, तेषामाफलोदयकर्मणाम्, प्रारब्धान्तगामिनामित्यर्थः, क्षितेः = पृथिव्याः ईशाः = अधीश्वराः, इति क्षितीशाः समुद्रं = सागरमभिव्याप्य, इति आसमुद्रम्, आसमुद्रं

क्षितीशा इति आसमुद्रक्षितीशास्तेषामासमुद्रक्षितीशानाम्, रथस्य = स्यन्दनस्य, वर्त्म = मार्गम् इति रथवर्त्म, न = नास्ति, अकं = दुःखं यत्र स नाकः, नाकमभिव्याप्य, इति आनाकम्, आनाकं रथवर्त्म येषां तेषामानाकरथवर्त्मनाम्, रघूणामन्वयं वक्ष्ये, इत्युत्तरेण पद्येनान्वयः ।

समा०—जन्मनः आ इति आजन्म, आजन्म शुद्धाः आजन्मशुद्धाः तेषाम् आजन्मशुद्धानाम् । फलस्य उदयः फलोदयः, फलोदयम् अभिव्याप्य आफलोदयम्, आफलोदयम् कर्म येषां ते आफलोदयकर्माणः, तेषाम् आफलोदयकर्मणाम् । क्षितेः ईशाः क्षितीशाः, समुद्रम् अभिव्याप्य इति आसमुद्रम्, आसमुद्रम् क्षितीशाः इति आसमुद्रक्षितीशाः, तेषाम् आसमुद्रक्षितीशानाम् । रथस्य वर्त्म रथवर्त्म न विद्यते अकम् यत्र स नाकः नाकम् अभिव्याप्य इति आनाकम्, आनाकम् रथवर्त्म येषाम् ते आनाकरथवर्त्मानः, तेषाम् आनाकरथवर्त्मनाम् ।

अभि०—मन्दोऽहं कालिदासः वेदोक्तसर्वसंस्कारसम्पन्नानां प्रारब्धान्तगामिनां चक्रवर्त्तिनामिन्द्रसहचारिणां रघूणामन्वयं वक्ष्ये ।

हिन्दी—मन्दमति मैं कालिदास उन प्रतापी सूर्यवंशियों का वर्णन करूँगा, जिनके संस्कार तथा चरित्र जन्म से लेकर अन्ततक शुद्ध रहे, और जो किसी कार्य को आरम्भ कर, उसे पूरा करके ही छोड़ते थे । जिनका साम्राज्य समुद्र तक फैला था, और जिनके रथ का मार्ग स्वर्ग तक था, अर्थात् पृथिवी से स्वर्ग तक उनके रथ आते जाते थे ।।५।।

यथाविधिहुताग्नीनां यथाकामार्चितार्थिनाम् ।
यथापराधदण्डानां यथाकालप्रबोधिनाम् ।। ६ ।।

सञ्जीविनी—विधिमनतिक्रम्य यथाविधि । 'यथाऽसादृश्ये" इत्यव्ययीभावः । तथा हुतशब्देन सुप्सुपेति समासः । एवं 'यथाकामार्चित–' इत्यादीनामपि द्रष्टव्यम् । यथाविधि हुता अग्नयो यैस्तेषाम् । यथाकाममभिलाषमनतिक्रम्यार्चितार्थिनाम् । यथापराधमपराधम् अनतिक्रम्य दण्डो येषां तेषाम् । यथाकालं कालमनतिक्रम्य प्रबोधिनां प्रबोधनशीलानाम् । चतुर्भिर्विशेषणैर्देवतायजनार्थिसत्कारदण्डधरत्वप्रजापालनसमयजागरूकत्वादीनि विवक्षितानि ।।६।।

अन्वयः—यथाविधि, हुताग्नीनां, यथाकामार्चितार्थिनाम्, यथापराधदण्डानां, यथाकालप्रबोधिनाम् "रघूणामन्वयं वक्ष्ये" ।

**व्याख्या**—विधिमनतिक्रम्येति यथाविधि, यथाविधि = यथाशास्त्रं, हुताः = तर्पिताः, अग्नयः, यैस्ते, तेषां यथाविधिहुताग्नीनाम्, काममनतिक्रम्येति यथाकामं, यथाकामं = यथाभिलाषम्, अर्चिताः = पूजिताः सत्कृताः, अर्थिनः = याचकाः यैस्ते, तेषां यथाकामार्चितार्थिनाम्, अपराधमनतिक्रम्येति यथापराधं, यथापराधम् = अपराधानुकूलं, दण्डः = दमः, येषां ते, तेषां यथापराधदण्डानाम् 'साहसं तु दमो दण्डः' इत्यमरः। कालमनतिक्रम्येति यथाकालम्, यथाकालं = यथासमयं, प्रबोधिनः = प्रबोधनशीलाः = जागरूकास्तेषां यथाकालप्रबोधिनां, "रघूणामन्वयं वक्ष्ये" इत्यग्रिमश्लोकेन संबन्धः।

**समा०**—विधिम् अनतिक्रम्य यथाविधि, यथाविधि हुताः अग्नयः यैः ते यथाविधि हुताग्नयः तेषाम् यथाविधिहुताग्नीनाम्, कामम् अनतिक्रम्य यथाकामम्, यथाकामम् अर्चिताः अर्थिनः यैः ते यथाकामार्चितार्थिनः, तेषाम् यथाकामार्चितार्थिनाम्, अपराधम् अनतिक्रम्य यथापराधम्, यथापराधम् दण्डः येषाम् ते यथापराधदण्डाः तेषाम् यथापराधदण्डानाम्, कालम् अनतिक्रम्य यथाकालम्, यथाकालम् प्रबोधिनः यथाकालप्रबोधिनः तेषाम् यथाकालप्रबोधिनाम्।

**अभि०**—शास्त्रोक्तविधिना यज्ञकर्तॄणामतिथिपूजकानां दुष्टजनशिक्षकाणां प्रजापालने तत्पराणां रघूणामिति संबन्धः।

**हिन्दी**—जो शास्त्रविधि के अनुसार ही यज्ञ करते थे, जो माँगने वालों को भरपूर दान देते थे, जो दुष्टों को अपराध के अनुसार ही दण्ड देते थे, जो समय पर ही कार्य करते थे ॥६॥

**त्यागाय संभृतार्थानां सत्याय मितभाषिणाम्।**
**यशसे विजिगीषूणां प्रजायै गृहमेधिनाम् ॥ ७ ॥**

**सञ्जीविनी**—त्यागाय सत्पात्रे विनियोगस्त्यागस्तस्मै। 'त्यागो विहापितं दानम्' इत्यमरः। संभृतार्थानां संचितधनानाम्। न तु दुर्व्यापाराय। सत्याय मितभाषिणां मितभाषणशीलानाम्। न तु पराभवाय। यशसे कीर्तये 'यशः कीर्तिः समज्ञा च' इत्यमरः। विजिगीषूणां विजेतुमिच्छूनाम्। न त्वर्थसंग्रहाय। प्रजायै संतानाय गृहमेधिनां दारपरिग्रहाणाम्। न तु कामोपभोगाय। अत्र 'त्यागाय' इत्यादिषु "चतुर्थी तदर्थार्थ०" इत्यादिना तादर्थ्ये चतुर्थीसमासविधानज्ञापकाच्चतुर्थी। गृहैर्दारैर्मेधन्ते संगच्छन्त इति गृहमेधिनः। 'दारेष्वपि गृहाः पुंसि' इत्यमरः।

'जाया च गृहिणी गृहम्' इति हलायुधः। 'मेधृ संगमे' इति धातोर्णिनिः। एभिर्विशेषणैः परोपकारित्वं यशःपरत्वं पितृणां शुद्धत्वं च विवक्षितानि।

**अन्वयः**——त्यागाय सम्भृतार्थानां, सत्याय मितभाषिणां, यशसे विजिगीषूणां, प्रजायै, गृहमेधिनाम्, "रघूणामन्वयं वक्ष्ये"।

**व्याख्या**——त्यागः=सत्पात्रे विनियोगस्तस्मै त्यागाय=दानाय, सम्भृतः=सञ्चितः, अर्थः=धनं यैस्ते, तेषां सम्भृतार्थानां, सत्याय=तथ्याय, मितं=स्वल्पं, भाषन्ते तच्छीला इति मितभाषिणस्तेषां मितभाषिणां, यशसे=कीर्त्यै, विजेतुमिच्छन्ति, विजिगीषन्ति, विजिगीषन्तीति विजिगीषवस्तेषां विजिगीषूणां=विजेतुमिच्छूनां, प्रजायै=सन्तानाय, गृह्णन्ति धान्यादिकमिति गृहाः=दाराः, तैः, मेधितुं शीलं येषां ते, तेषां गृहमेधिनां=दारपरिग्रहाणां, नतु कामोपभोगायेत्यर्थः।

**समा०**——सम्भृतः अर्थः यैः ते सम्भृतार्था, तेषाम् सम्भृतार्थानाम्, मितम् भाषन्ते तच्छीलाः मितभाषिणः तेषाम् मितभाषिणाम्, विजेतुम् इच्छन्ति इति विजिगीषन्ति, विजिगीषन्ति इति विजिगीषवः तेषाम् विजिगीषूणाम्, गृह्णन्ति धान्यादिकम् इति गृहाः, गृहैः मेधितुम् शीलम् येषाम् ते गृहमेधिनः तेषाम् गृहमेधिनाम्।

**अभि०**——दानशीलानां सत्यभाषिणां यशसे विजेतुमिच्छुकानाम् सन्तानाय गृहस्थानां रघूणामन्वयमिति संबन्धः।

**हिन्दी**——जो कि सत्पात्र में दान देने के लिये ही धन बटोरते थे, सत्य बोलने के लिये ही कम बोलते थे, और जो अपनी कीर्ति फैलाने के लिये ही विजय करते थे, 'न कि अन्य का राज्य छीनने के लिये' जो सन्तान के लिये ही विवाह करते थे, 'न कि भोगविलास के लिये'॥७॥

शैशवेऽभ्यस्तविद्यानां यौवने विषयैषिणाम्।
वार्द्धके मुनिवृत्तीनां योगेनान्ते तनुत्यजाम्॥८॥

**सञ्जीविनी**——शिशोर्भावः शैशवं बाल्यम्। 'प्राणभृज्जातिवयोवचनोद्गात्र०' इत्यञ्प्रत्ययः। 'शिशुत्वं शैशवं बाल्यम्' इत्यमरः। तस्मिन्वयस्यभ्यस्तविद्यानाम्। एतेन ब्रह्मचर्याश्रमो विवक्षितः। यूनो भावो यौवनं तारुण्यम्। युवादित्वादण्प्रत्ययः। 'तारुण्यं यौवनं समम्' इत्यमरः। तस्मिन्वयसि विषयैषिणां। भोगाभिलाषिणाम्। एतेन गृहस्थाश्रमो विवक्षितः। वृद्धस्य भावो वार्द्धकं वृद्धत्वम्। "द्वन्द्वमनोज्ञादिभ्यश्च" इति वुञ्प्रत्ययः। 'वार्द्धकं वृद्धसंघाते वृद्धत्वे वृद्धकर्मणि'

इति विश्वः। संघातार्थेऽत्र "वृद्धाच्छः" इति वक्तव्यात्सामूहिको वुञ्। तस्मिन्वार्द्धके वयसि मुनीनां वृत्तिरिव वृत्तिर्येषां तेषाम् एतेन वानप्रस्थाश्रमो विवक्षितः। अन्ते शरीरत्यागकाले योगेन परमात्मध्यानेन। 'योगः संनहनोपायध्यानसंगतियुक्तिषु'। इत्यमरः। तनुं देहं त्यजन्तीति तनुत्यजां देहत्यागिनाम्। 'कायो देहः क्लीबपुंसोः स्त्रियां मूर्तिस्तनुस्तनूः' इत्यमरः। 'अन्येभ्योऽपि दृश्यते" इति क्विप्। एतेन भिक्ष्वाश्रमो विवक्षितः ॥८॥

**अन्वयः—शैशवे, अभ्यस्तविद्यानां, यौवने, विषयैषिणां, वार्धके, मुनिवृत्तीनाम्, अन्ते, योगेन, तनुत्यजां, 'रघूणामन्वयं वक्ष्ये'।**

**व्याख्या**—शिशोः भावः शैशवं,तस्मिन् शैशवे = बाल्ये, अभ्यस्ताः = पठिताः, विद्याः = शास्त्राणि, यैस्ते, तेषामभ्यस्तविद्यानाम्, यूनो भावः, यौवनं तस्मिन् यौवने = तारुण्ये, विषयं = भोगविलासम् इच्छन्ति = अभिलषन्ति, इति विषयैषिणस्तेषां विषयैषिणां तारुण्ये, गृहस्थाश्रमिण इत्यर्थः। वृद्धस्य भावो वार्धकं तस्मिन्, वार्धके = वृद्धत्वे, मन्तारः = वेदशास्त्रार्थतत्वावगन्तारः, मुनयस्तेषां वृत्तिरिव वृत्तिः = वर्तनम् = आचार इत्यर्थः, येषां ते तेषां मुनिवृत्तीनां वानप्रस्थाश्रमिणामित्यर्थः, अन्ते = शरीरत्यागसमये, मरणकाले इत्यर्थः, योगेन = चित्तवृत्तिनिरोधेन, भगवद्ध्यानेनेत्यर्थः, तनु शरीरं त्यजन्ति = मुञ्चन्तीति तनुत्यजस्तेषां तनुत्यजाम्, रघूणामन्वयमिति संबन्धः।

**समा०**—शिशोः भावः शैशवम्, तस्मिन् शैशवे, अभ्यस्ताः विद्याः यैः ते अभ्यस्तविद्याः तेषाम् अभ्यस्तविद्यानाम्, यूनः भावः यौवनम्, तस्मिन् यौवने, विषयान् इच्छन्ति इति विषयैषिणः, तेषाम् विषयैषिणाम्, वृद्धस्य भावः वार्द्धकम्, तस्मिन् वार्द्धके, मन्तारः मुनयः, मुनीनाम् वृत्तिः इव वृत्तिः येषाम् ते मुनिवृत्तयः, तेषाम् मुनिवृत्तीनाम्, तनुम् त्यजन्ति इति तनुत्यजः, तेषाम् तनुत्यजाम्।

**अभि०**—प्रथमे वयसि पूर्णेन ब्रह्मचर्येन सर्वविधविद्याभ्यासं कुर्वन्तः, यौवने च शास्त्रानुमोदितं गृहस्थसुखमुपभुंजानाः, जरायां संप्राप्तायां स्वसुतेभ्यो राज्यं समर्प्य वने तपस्यन्तः, अन्ते च योगाभ्यासेन 'समाधिना' देहत्यागिनः ये रघव आसन् तेषामन्वयं वक्ष्ये।

**हिन्दी**—जो बचपन में ब्रह्मचारी रहकर विद्याभ्यास करते थे, जो जवानी में गृहस्थाश्रम में रह कर विषयों का उपभोग करते थे और बुढ़ापे में मुनियों

के समान वन में रह कर तपस्या करते थे, (अर्थात् वानप्रस्थाश्रम का पालन करते थे ) जो अन्त समय परमात्मा का ध्यान करते हुए शरीर त्याग करते थे ॥८॥

रघूणामन्वयं वक्ष्ये तनुवाग्विभवोऽपि सन् ।
तद्गुणैः कर्णमागत्य चापलाय प्रचोदितः ॥ ९ ॥

सञ्जीविनी--सोऽहं लब्धप्रवेशः । तनुवाग्विभवोऽपि स्वल्पवाणीप्रसारोऽपि सन् । तेषां रघूणां गुणैस्तद्गुणैः। आजन्मशुद्ध्यादिभिः कर्तृभिः कर्णं मम श्रोत्रमागत्य चापलाय चापलं चपलकर्माविमृश्यकरणरूपं कर्तुम् । युवादित्वात्कर्मण्यण् । 'क्रियार्थोपपदस्य च कर्मणि स्थानिनः'' इत्यनेन चतुर्थी । प्रचोदितः प्रेरितः सन् । रघूणामन्वयं तद्विषयप्रबन्धं वक्ष्ये ॥ ९ ॥ कुलकम् ॥

अन्वयः--"सः, अहम्" तनुवाग्विभवोऽपि, सन्, तद्गुणैः, कर्णमागत्य, चापलाय, प्रचोदितः, सन्, रघूणाम्, अन्वयं, वक्ष्ये । ( इति पूर्वोक्तपञ्चश्लोकैः कुलकम् )

वाच्य०--तेन मया तनुवाग्विभवेनापि, तद्गुणैः कर्णमागत्य चापलाय प्रचोदितेन "सता" रघूणामन्वयो वक्ष्यते ।

व्याख्या—सः = पूर्वोक्तः, अहम् = कालिदासः = लब्धप्रवेश इत्यर्थः, तनुः = स्वल्पः, वाचः = वाण्याः, विभवः = प्रसारो यस्य सः, तनुवाग्विभवः अपि = सन्, तेणां = रघूणां, गुणैः = आजन्मशुद्ध्यादिभिः, "कर्तृभिः" कर्णं = श्रोत्रम्, आगत्य = प्राप्य, चपलस्य भावः कर्म वा चापलं = चाञ्चल्यम्, तस्मै = चापलाय, अविचार्य कार्यकरणायेत्यर्थः, प्रचोदितः = प्रेरितः, "सन्" रघूणां = रघुकुलोद्भवानाम्, अन्वयं = वंशं, वक्ष्ये = कथयिष्ये ।

समा०--वाचां विभवः वाग्विभवः, तनुः वाग्विभवः यस्य सः तनुवाग्विभवः। तेषाम् गुणाः इति तद्गुणाः तैः तद्गुणैः । चपलस्य भावः कर्म वा चापलम् तस्मै, चापलाय।

अभि०—रघुकुलोत्पन्नानां राज्ञाम्, आजन्मशुद्ध्यादिगुणैः, मम कर्णमागत्य प्रेरितोऽहं रघुवंशवर्णनं करिष्यामि, नतु स्वबुद्धिप्रभावेण ।

हिन्दी—यद्यपि मेरी वाणी की सामर्थ्य अल्प है, फिर भी मैं पूर्वोक्त गुणों से

युक्त रघुवंशियों के कुल का वर्णन करूँगा, "इसलिये कि" उनके जन्म से पवित्र आदि गुणों ने मेरे कान में आकर प्रेरणा की है ॥९॥

संप्रति स्वप्रबन्धपरीक्षार्थं सतः प्रार्थयते--

तं सन्तः श्रोतुमर्हन्ति सदसद्व्यक्तिहेतवः ।
हेम्नः संलक्ष्यते ह्यग्नौ विशुद्धिः श्यामिकापि वा ॥१०॥

**सञ्जीविनी**--तं रघुवंशाख्यं प्रबन्धं सदसतोर्गुणदोषयोर्व्यक्तेर्हेतवः कर्तारः सन्तः श्रोतुमर्हन्ति। तथाहि। हेम्नो विशुद्धिर्निर्दोषस्वरूपं श्यामिकापि लौहान्तरसंसर्गात्मको दोषोऽपि वाग्नौ संलक्ष्यते। नान्यत्र। तद्वदत्रापि सन्त एव गुणदोषविवेकाधिकारिणो नान्य इति भावः ॥१०॥

**अन्वयः**—सदसद्व्यक्तिहेतवः, सन्तः, तं, श्रोतुम्, अर्हन्ति, हि, हेम्नः, विशुद्धिः, श्यामिका, अपि वा, अग्नौ, संलक्ष्यते ।

**वाच्य०**--सदसद्व्यक्तिहेतुभिः, सद्भिः, स श्रोतुमर्ह्यते, हि हेम्नो विशुद्धिं श्यामिकामपि वा, अग्नौ संलक्षयन्ति सन्तः ।

**व्याख्या**--सत् = गुणः, असत् = दोषश्चेति सदसती तयोर्व्यक्तिः = विवेकस्तस्या, हेतवः = कर्तारः, परीक्षका इत्यर्थः इति सदसद्व्यक्तिहेतवः, सन्तः = सज्जनाः, श्रोतुम् = आकर्णयितुम्, अर्हन्ति = योग्या भवन्ति, हि = तथाहि, हेम्नः = सुवर्णस्य, विशुद्धिः = निर्दोषस्वरूपं, श्यामिका = सदोषता, अपि वा = अथवा, अग्नौ = वह्नौ, संलक्ष्यते = ज्ञायते, प्रतीयत इत्यर्थः। नान्यत्रेति भावः।

**समा०**—सत् च असत् च सदसती, सदसतोः व्यक्तिः सदसद्व्यक्तिः, सदसद्व्यक्तेः हेतवः सदसद्व्यक्तिहेतवः ।

**अभि०**--यथा सुवर्णस्य सदोषत्वं निर्दोषत्वं वा वह्नौ, एव ज्ञायते, एवमत्र काव्येऽपि गुणदोषविवेककरणाय सन्त एवाधिकारिणः, नत्वन्ये ।

**हिन्दी**--भले बुरे की पहचान करने वाले विद्वान् ही इस काव्य को सुनने के अधिकारी हैं, क्योंकि सोने का खोटापन अथवा खरापन अग्नि में डालने पर ही जाना जाता है ॥१०॥

**वर्ण्यं वस्तूपक्षिपति**—

**वैवस्वतो मनुर्नाम माननीयो मनीषिणाम् ।**
**आसीन्महीक्षितामाद्यः प्रणवश्छन्दसामिव ॥ ११ ॥**

**सञ्जीविनी**—मनस ईषिणो मनीषिणो धीराः। विद्वांस इति यावत्। पृषोदरादित्वात्साधुः। तेषां माननीयः पूज्यः। छन्दसां वेदानाम्। 'छन्दः पद्ये च वेदे च' इति विश्वः। प्रणव ओंकार इव। महीं क्षियन्तीशत इति महीक्षितः क्षितीश्वराः। क्षिधातोरैश्वर्यार्थात्क्विप् तुगागमश्च। तेषामाद्य आदिभूतः। विवस्वतः सूर्यस्यापत्यं पुमान्वैवस्वतो नाम वैवस्वत इति प्रसिद्धो मनुरासीत् ॥११॥

**अन्वयः**—**मनीषिणां, माननीयः, छन्दसां प्रणवः, इव, महीक्षिताम्, आद्यः, वैवस्वतः, नाम मनुः, आसीत्।**

**वाच्य०**—मनीषिणां माननीयेन छन्दसां प्रणवेनेव महीक्षितामाद्येन वैवस्वतेन धाम्ना मनुनाऽभूयत।

**व्याख्या**—मनसः, ईषिणः मनीषिणस्तेषां मनीषिणां = विदुषां, माननीयः = पूज्यः, छन्दन्तीति छन्दांसि तेषां छन्दसां = वेदानां, प्रणवः = ॐकारः, इव = यथा, महीं = पृथिवीं, क्षियन्ति = ईशते, इति महीक्षितस्तेषां महीक्षितां = क्षितीश्वराणाम्, आद्यः = प्रथमः, आदिभूत इत्यर्थः। विवस्वतः = सूर्यस्य, अपत्यं पुमान् वैवस्वतः, नाम = वैवस्वतनामा, मनुः = प्रथममनुः, आसीत् = बभूव।

**समा०**—मनसः ईषिणः मनीषिणः, तेषाम् मनीषिणाम्। छन्दन्ति इति छन्दांसि तेषाम् छन्दसाम्। महीम् क्षियन्ति इति महीक्षितः, तेषाम् महीक्षिताम्। विवस्वतः अपत्यम् पुमान् वैवस्वतः।

**अभि०**—सूर्यपुत्रः, वैवस्वतो मनुः, वेदानां प्रणव इव राज्ञामाद्यः, आसीत्।

**हिन्दी**—जिस प्रकार वेदों में सर्व प्रथम ॐकार है उसी प्रकार राजाओं में सर्वप्रथम विद्वानों के पूज्य, सूर्यपुत्र वैवस्वत नाम के मनु हुए ॥११॥

तदन्वये शुद्धिमति प्रसूतः शुद्धिमत्तरः।
दिलीप इति राजेन्दुरिन्दुः क्षीरनिधाविव ॥१२॥

**सञ्जीविनी**—शुद्धिरस्यास्तीति शुद्धिमान्। तस्मिञ्शुद्धिमति। तदन्वये तस्य मनोरन्वये वंशे। 'अन्ववायोऽन्वयो वंशो गोत्रं चाभिजनं कुलम्' इति हलायुधः। अतिशयेन शुद्धिमाञ्शुद्धिमत्तरः। 'द्विवचनविभज्योप०' इत्यादिना समासः। क्षीरनिधाविन्दुरिव प्रसूतो जातः ॥१२॥

**अन्वयः**—**शुद्धिमति, तदन्वये, शुद्धिमत्तरः, दिलीपः, इति, राजेन्दुः, क्षीरनिधौ, इन्दुः, इव, प्रसूतः।**

**वाच्य०**—तदन्वये शुद्धिमत्तरेण दिलीपेनेति राजेन्दुना क्षीरनिधौ, इन्दुनेव प्रसूतेन अभावि ।

**व्याख्या**—शुद्धिरस्यास्तीति शुद्धिमान्, तस्मिन् शुद्धिमति = दोषरहिते, तस्य = मनोः, अन्वयः = वंशस्तस्मिन् तदन्वये, अतिशयेन शुद्धिमान्, इति शुद्धिमत्तरः = अतीव पवित्रः = निष्कलंक इत्यर्थः, दिलीपः = दिलीपनाम्ना प्रसिद्धः, राजा इन्दुरिव, इति राजेन्दुः नृपचन्द्रः = राजश्रेष्ठ इत्यर्थः, निधीयतेऽस्मिन्निति निधिः, क्षीरस्य = दुग्धस्य, निधिः = आकर इति क्षीरनिधिः, तस्मिन् क्षीरनिधौ, इन्दुः = चन्द्रः, इव = यथा, प्रसूतः = जातः ।

**समा०**—शुद्धिः अस्य अस्ति इति शुद्धिमान् तस्मिन् शुद्धिमति, तस्य अन्वयः तदन्वयः, तस्मिन् तदन्वये, अतिशयेन शुद्धिमान् इति शुद्धिमत्तरः, राजा इन्दुः इव इति राजेन्दुः, निधीयते अस्मिन् इति निधिः, क्षीरस्य निधिः क्षीरनिधिः, तस्मिन् क्षीरनिधौ ।

**अभि०**—यथा क्षीरसागरे चन्द्रो जातस्तथैव मनुवंशे दिलीपो जातः ।

**हिन्दी**—उन्हीं सूर्यपुत्र मनु के उज्वल वंश में अत्यन्त पवित्र चरित्र वाले, राजाओं में श्रेष्ठ, राजा दिलीप वैसे ही पैदा हुए, जैसे क्षीरसागर में चन्द्रमा॥ १२॥

'व्यूढ–' इत्यादित्रिभिः श्लोकैर्दिलीपं विशिनष्टि—

> व्यूढोरस्को वृषस्कन्धः शालप्रांशुर्महाभुजः ।
> आत्मकर्मक्षमं देहं क्षात्रो धर्म इवाश्रितः ॥ १३ ॥

**सञ्जीविनी**—व्यूढं विपुलमुरो यस्य स व्यूढोरस्कः । 'उरःप्रभृतिभ्यः कप्' इति कप्प्रत्ययः 'व्यूढं विपुलं भद्रं स्फारं समं वसिष्ठं च' इति यादवः । वृषस्य स्कन्ध इव स्कन्धो यस्य स तथा । 'सप्तम्युपमान०' इत्यादिनोत्तरपदलोपी बहुव्रीहिः । शालो वृक्ष इव प्रांशुरुन्नतः शालप्रांशुः । 'प्राकारवृक्षयोः शालः शालः सर्जतरुः स्मृतः' इति यादवः । 'उच्चप्रांशून्नतोदग्रोच्छ्रितास्तुङ्गे' इत्यमरः । महाभुजो महाबाहुः । आत्मकर्मक्षमं स्वव्यापारानुरूपं देहमाश्रितः प्राप्तः क्षात्रः क्षत्रसंबन्धी धर्म इव स्थितः । मूर्तिमान्पराक्रम इव स्थित इत्युत्प्रेक्षा ।।१३।।

**अन्वयः**—व्यूढोरस्कः, वृषस्कन्धः, शालप्रांशुः, महाभुजः, आत्मकर्मक्षमं, देहम्, आश्रितः, क्षात्रः, धर्मः, इव,' स्थितः' ।

**वाच्य०**---व्यूढोरस्केन वृषस्कन्धेन शालप्रांशुना महाभुजेन देहमाश्रितेन क्षात्रेण धर्मणेव अस्थायि।

**व्याख्या**---व्यूढं = विपुलम्, उरः = वक्षस्थलं यस्य स व्यूढोरस्कः, वृषस्य = बलीवर्दस्य स्कन्धः, इव, स्कन्धः = अंसः, यस्य स वृषस्कन्धः 'स्कन्धो भुजशिरोंऽसः' इत्यमरः, शालः = शालवृक्षः, इव, प्रांशुः = उन्नतः, इति शालप्रांशुः, महान्तौ = दीर्घौ, भुजौ = बाहू यस्य स महाभुजः, आत्मनः = स्वस्य, कर्म = व्यापारः, तत्र क्षमं = तदनुरूपमिति, आत्मकर्मक्षमं, देहं = शरीरम्, आश्रितः = प्राप्तः, क्षत्रस्यायं क्षात्रः = क्षत्रियसम्बन्धी, धर्मः = स्वभावः = पराक्रम इत्यर्थः, इव = यथा 'स्थितः'।

**समा०**---व्यूढम् उरः यस्य सः व्यूढोरस्कः, वृषस्य स्कन्धः इव स्कन्धः यस्य सः वृषस्कन्धः, शालः इव प्रांशुः शालप्रांशुः, महान्तौ भुजौ यस्य सः महाभुजः, आत्मनः कर्म इति आत्मकर्म, आत्मकर्मणि क्षमम् आत्मकर्मक्षमम्, तत् तथोक्तम्, क्षत्रस्य अयम् क्षात्रः।

**अभि०**---मूर्तिमान् क्षत्रियधर्म इव विशालवक्षाः, दीर्घबाहुः, उन्नतो दिलीपः एवं भूतः 'स्थितः'।

**हिन्दी**---चौड़ी छाती, बैल के समान ऊंचे भारी कन्धों वाले शालवृक्ष के समान उन्नत (ऊंचे) और दीर्घ भुजा वाले (फिर भी) अपने कार्य करने में समर्थ शरीर को धारण किए, राजा दिलीप ऐसे जान पड़ते थे, मानो शरीरधारी क्षत्रियों का वीरतारूपी धर्म हो॥ १३॥

सर्वातिरिक्तसारेण सर्वतेजोभिभाविना।
स्थितः सर्वोन्नतेनोर्वीं क्रान्त्वा मेरुरिवात्मना॥१४॥

**सञ्जीविनी**---सर्वातिरिक्तसारेण सर्वेभ्यो भूतेभ्योऽधिकबलेन। 'सारो बले स्थिरांशे च' इत्यमरः। सर्वाणि भूतानि तेजसाभिभवतीति सर्वतेजोभिभावी तेन। सर्वेभ्य उन्नतेनात्मना शरीरेण 'आत्मा देहे धृतौ जीवे स्वभावे परमात्मनि' इति विश्वः। मेरुरिव। उर्वीं क्रान्त्वाक्रम्य स्थितः। मेरावपि विशेषणानि तुल्यानि 'अष्टाभिश्च सुरेन्द्राणां मात्राभिर्निर्मितो नृपः। तस्मादभिभवत्येष सर्वभूतानि तेजसा॥' इति मनुवचनाद्राज्ञः सर्वतेजोभिभावित्वं ज्ञेयम्॥१४॥

**अन्वयः**---सर्वातिरिक्तसारेण, सर्वतेजोभिभाविना, सर्वोन्नतेन, मेरुः, इव, उर्वीं, क्रान्त्वा, "स्थितः" एवं भूतो दिलीपः।

**वाच्य०**—सर्वातिरिक्तसारेण सर्वतेजोभिभाविना सर्वोन्नतेनात्मना मेरुणेव, तेन, उर्वीं क्रान्त्वा स्थितेनाभावि।

**व्याख्या**—सर्वेभ्यः = समस्तभूतेभ्यः, अतिरिक्तः = विशिष्टः = अधिक इत्यर्थः, सारः = बलं यस्य स सर्वातिरिक्तसारः, तेन सर्वातिरिक्तसारेण सर्वान् = अखिलान् "जनान्" तेजसा = स्वप्रतापेन, अभिभवति = तिरस्करोतीति सर्वतेजोऽभिभावी, तेन सर्वतेजोऽभिभाविना, सर्वेभ्यः = सर्वभूतेभ्यः, उन्नतः = प्रांशुः, तेन सर्वोन्नितेन, आत्मना = शरीरेण, मेरुः = सुमेरुपर्वतः, इव = यथा, उर्वीं = पृथिवीं, क्रान्त्वा = व्याप्य, आक्रम्येत्यर्थः 'स्थितः, दिलीपः'। प्रथमान्तानि कृत्वा मेरुपर्वतेऽपि विशेषणानि योजनीयानि।

**समा०**—सर्वेभ्यः अतिरिक्तः सारः यस्य सः सर्वातिरिक्तसारः तेन, सर्वातिरिक्तसारेण। सर्वान् तेजसा अभिभवति इति सर्वतेजोऽभिभावी, तेन सर्वतेजोऽभिभाविना। सर्वेभ्यः उन्नतः सर्वोन्नतः, तेन सर्वोन्नतेन।

**अभि०**—राजा दिलीपः सुमेरुपर्वत इव शरीरेण बलेनौन्नत्येन तेजसा च 'सर्वातिशायी' सन् पृथिवीमधिष्ठाय स्थितः।

**हिन्दी**—जिस प्रकार सुमेरु पर्वत ने अपनी दृढ़ता से अपनी कान्ति से तथा ऊँचाई से सभी दृढ, कान्ति वाले तथा ऊँचे पदार्थों को दबाकर अपने विस्तार से सारी पृथिवी को व्याप्त कर रखा है वैसे ही राजा दिलीप ने अपने पराक्रम, तेज और लम्बे चौड़े शरीर से सब को नीचा दिखाकर समस्त पृथिवी मण्डल को अपने अधीन कर लिया था ॥१४॥

**आकारसदृशप्रज्ञः प्रज्ञया सदृशागमः।**
**आगमैः सदृशारम्भ आरम्भसदृशोदयः ॥१५॥**

**सञ्जीविनी**—आकारेण मूर्त्या सदृशी प्रज्ञा यस्य सः। प्रज्ञया सदृशागमः प्रज्ञानुरूपशास्त्रपरिश्रमः। आगमैः सदृश आरम्भः कर्म यस्य स तथोक्तः। आरभ्यत इत्यारम्भः कर्म। तत्सदृश उदयः फलसिद्धिर्यस्य स तथोक्तः ॥१५॥

**अन्वयः**—आकारसदृशप्रज्ञः, प्रज्ञया, सदृशागमः, आगमैः सदृशारम्भः, आरम्भसदृशोदयः, 'स दिलीप आसीत्'।

**वाच्य०**—आकारसदृशप्रज्ञेन, प्रज्ञया सदृशागमेन, आगमैः सदृशारम्भेण, आरम्भसदृशोदयेन, दिलीपेन अभावि।

**व्याख्या**—आकारेण = मूर्त्या = शरीराकारेणेत्यर्थः, सदृशी = तुल्या, प्रज्ञा = बुद्धिः, यस्य स आकारसदृशप्रज्ञः, प्रज्ञया = बुद्ध्या, सदृशः = अनुरूपः, आगमः = शास्त्रं यस्य स, सदृशागमः, आगमैः = शास्त्रैः, आरभ्यते इत्यारम्भः, सदृशः = तुल्यः आरम्भः = कर्म यस्य स, सदृशारम्भः, आरम्भेण = उपक्रमेण कर्मणा, सदृशः = समानः उदयः = परिणामः फलसिद्धिरित्यर्थः, यस्य-स आरम्भसदृशोदयः, स दिलीपः, आसीत् ।

**समा०**—आकारेण सदृशी प्रज्ञा यस्य सः आकारसदृशप्रज्ञः । सदृशः आगमः यस्य सः सदृशागमः । आरभ्यते इति आरम्भः, आरम्भेण सदृशः उदयः यस्य सः आरम्भसदृशोदयः ।

**अभि०**—राजा दिलीपो यथा प्रशस्ताकारवान् तथैव तीक्ष्णबुद्धिरपि, एवं यादृशी तस्य बुद्धिः तादृश एव शास्त्रपरिश्रमः, तथा शास्त्रपरिश्रमानुसारी एव कार्यारम्भः, कार्यारम्भानुकूलमेव साफल्यमपि आसीत् ।

**हिन्दी**—राजा दिलीप जैसे सुन्दर विशालकाय थे वैसी ही, उनकी कुशाग्र-बुद्धि थी। जैसी तीक्ष्ण बुद्धि थी वैसे ही वे शास्त्राभ्यासी थे, इस लिये शास्त्रानुकूल ही कार्य करते थे, और वैसी ही पूर्ण सफलता भी उनको मिलती थी ॥१५॥

भीमकान्तैर्नृपगुणैः स बभूवोपजीविनाम् ।
अधृष्यश्चाभिगम्यश्च यादोरत्नैरिवार्णवः ॥१६॥

**सञ्जीवनी**—भीमैश्च कान्तैश्च नृपगुणै राजगुणैस्तेजःप्रतापादिभिः कुलशीलदाक्षिण्यादिभिश्च स दिलीप उपजीविनामाश्रितानाम् यादोभिर्जलजीवैः । 'यादांसि जलजन्तवः' इत्यमरः । रत्नैश्चार्णव इव । अधृष्योऽनभिगम्य आश्रयणीयश्च बभूव ॥१६॥

**अन्वयः**—भीमकान्तैः, नृपगुणैः, सः, उपजीविनां, यादोरत्नैः, अर्णवः, इव, अधृष्यश्च, अभिगम्यश्च, बभूव ।

**वाच्य०**—तेन अधृष्येण च, अभिगम्येन च यादोरत्नैरर्णवेन, इव बभूवे ।

**व्याख्या**—भीमाः = भयंकराः, च, कान्ताः = मनोहराश्च, ते भीमकान्तास्तैः, भीमकान्तैः, नृपाणां = राज्ञां, गुणाः = तेजःप्रतापदयादाक्षिण्यादयस्तैः नृपगुणैः, सः = राजा दिलीपः, उपजीवन्ति ते उपजीविनस्तेषामुपजीविनाम् = आश्रितजनानाम्, यादांसि = जलजन्तवः च, रत्नानि = मण्यादयश्च तानि, तैः यादोरत्नैः,

अर्णवः = समुद्रः, इव = यथा, धर्षितुं योग्यो धृष्यः, न धृष्यः अधृष्यः = अनभिभवनीयः, अभिगन्तुं योग्योऽभिगम्यः = आश्रयणीयश्च, बभूव = जातः ।

**समा०**—भीमाः च कान्ताः च भीमकान्ताः तैः भीमकान्तैः, नृपाणाम् गुणाः नृपगुणाः तैः नृपगुणैः, उपजीवन्ति इति उपजीविनः तेषाम् उपजीविनाम्, यादांसि च रत्नानि च यादोरत्नानि तैः यादोरत्नैः, धर्षितुम् योग्यः धृष्यः न धृष्यः अधृष्यः, अभिगन्तुम् योग्यः अभिगम्यः ।

**अभि०**—जलजन्तुभिः, रत्नैश्च सागरो यथा, अनभिभवनीयः, आश्रयणीयश्च भवति तथैव आश्रितानाम् राजा दिलीपोऽपि तेजःप्रतापादिभिः, दयादाक्षिण्यादिभिश्च बभूव ।

**हिन्दी**—तेज प्रताप आदि डरावने तथा दया दाक्षिण्य आदि सुन्दर गुणों के कारण राजा दिलीप का उनके आश्रितजन वैसे ही तिरस्कार नहीं करते थे तथा सेवा भी करते थे, जैसे कि मगर-मच्छों तथा रत्नों के कारण समुद्र का। अर्थात् मकरादि से डरकर लोग समुद्र से दूर भी भागते हैं और रत्नों को लेने के लिये उसमें घुसते भी हैं ।।१६।।

रेखामात्रमपि क्षुण्णादामनोर्वर्त्मनः परम् ।
न व्यतीयुः प्रजास्तस्य नियन्तुर्नेमिवृत्तयः ।।१७।।

**सञ्जीविनी**—नियन्तुः शिक्षकस्य सारथेश्च तस्य दिलीपस्य संबन्धिन्यो नेमीनां चक्रधाराणां वृत्तिरिव वृत्तिर्व्यापारो यासां ताः, 'चक्रधारा प्रधिर्नेमिः' इति यादवः । 'चक्रं रथाङ्गं तस्यान्ते नेमिः स्त्री स्यात्प्रधिः पुमान्' इत्यमरः । प्रजाः आ मनोः मनुमारभ्येत्यभिविधिः । पदद्वयं चैतत् । समासस्य विभाषितत्वात् । क्षुण्णादभ्यस्तात्प्रहताच्च वर्त्मन आचारपद्धतेरध्वनश्च परमधिकम् । इतस्तत इत्यर्थः । रेखा प्रमाणमस्येति रेखामात्रं रेखाप्रमाणं । ईषदपीत्यर्थः । 'प्रमाणे द्वयसज्दघ्नञ् मात्रचः' इत्यनेन मात्रच्प्रत्ययः । परशब्दविशेषणं चैतत् । न व्यतीयुर्नातिक्रान्तवत्यः । कुशलसारथिप्रेषिता रथनेमय इव तस्य प्रजाः पूर्वक्षुण्णमार्गं न जहुरिति भावः ।।१७।।

**अन्वयः**—नियन्तुः, तस्य, नेमिवृत्तयः, प्रजाः, आ मनोः, क्षुण्णाद्, वर्त्मनः, परं, रेखामात्रमपि, न, व्यतीयुः ।

**वाच्य०**—नियन्तुस्तस्य नेमिवृत्तिभिः, प्रजाभिः आमनोः क्षुण्णात् वर्त्मनः परं रेखामात्रमपि न व्यतीये।

**व्याख्या**—नियन्तुः = नियामकस्य, शिक्षकस्येत्यर्थः, तस्य = दिलीपस्य, नेमीनां = चक्रधाराणां = चक्ररेखाणामित्यर्थः, वृत्तिः इव वृत्तिः = वर्तनं, व्यापारः यासां = ताः, नेमिवृत्तयः, इव = यथा, प्रजाः = लोकाः, आ मनोः = मनुमारभ्य, क्षुण्णात् = अभ्यस्तात्, नेमिपक्षे प्रहतात्, वर्त्मनः = आचारपद्धतेः मार्गाच्च, परम् = अधिकं, रेखामात्रं = रेखाप्रमाणम्, ईषदपीत्यर्थः, न = नहि, व्यतीयुः = अतिक्रान्तवत्यः।

**समा०**—नेमीनाम् वृत्तिः इव वृत्तिः यासाम् ताः नेमिवृत्तयः, मनुम् आरभ्य आमनोः, रेखा प्रमाणमस्येति रेखामात्रम्।

**अभि०**—यथा कुशलसारथिप्रेरिता रथनेमयः पूर्णक्षुण्ण मार्गं किंचिदपि न त्यजन्ति, तथैव कुशलशासकेन दिलीपेन रक्षिताः प्रजाः, आमनोः, अभ्यस्तामाचारपद्धतिमपि न परितत्यजुः।

**हिन्दी**—जिस प्रकार चतुर सारथी से चलाए गए रथ के पहिये जरा भी लीक से इधर-उधर नहीं हो पाते, वैसे ही सुयोग्य शासक राजा दिलीप से शासित प्रजा किंचिन्मात्र भी भगवान् मनु के नियमों का उल्लंघन नहीं करती थी।

प्रजानामेव भूत्यर्थं स ताभ्यो बलिमग्रहीत्।
सहस्रगुणमुत्स्रष्टुमादत्ते हि रसं रविः ॥ १८ ॥

**सञ्जीविनी**—स राजा प्रजानां भूत्या अर्थाय भूत्यर्थं वृद्ध्यर्थमेव। 'अर्थेन सह नित्यसमासः सर्वलिङ्गता च वक्तव्या'। ग्रहणक्रियाविशेषणं चैतत्। ताभ्यः प्रजाभ्यो बलिं करम्, 'भागधेयः करो बलिः' इत्यमरः। तथाहि। रविः सहस्रं गुणा यस्मिन्कर्मणि तद्यथा तथा सहस्रगुणं सहस्रधोत्स्रष्टुं दातुम्। उत्सर्जनक्रियाविशेषणं चैतत्। रसमम्बवादत्ते गृह्णाति। 'रसो गन्धे रसे स्वादे तिक्तादौ विषरोगयोः। शृंगारादौ द्रवे वीर्ये देहधात्वम्बुपारदे ॥' इति विश्वः ॥१८॥

**अन्वयः**—सः, प्रजानां, भूत्यर्थम्, एव, ताभ्यः, बलिम्, अग्रहीत्, हि, रविः, सहस्रगुणम्, उत्स्रष्टुं, रसम्, आदत्ते।

**वाच्य०**—तेन प्रजानां भूत्यर्थमेव बलिरग्राहि, हि सहस्रगुणमुत्स्रष्टुं रविणा, रस आदीयते।

**व्याख्या**—सः = राजा दिलीपः, प्रजानां = लोकानां, भूत्यै, इदं भूत्यर्थं = कल्याणार्थं, ताभ्यः = प्रजाभ्यः, बलिं = षष्ठांशरूपं करम्, अग्रहीत् = जग्राह हि = यतः, रविः = सूर्यः, सहस्रं गुणा यस्मिन् कर्मणि तत् सहस्रगुणं = सहस्रगुणाधिकम्, उत्स्रष्टुं = दातुं, रसं = जलम्, आदत्ते = गृह्णाति ।

**समा०**—भूत्यै इदम् भूत्यर्थम्, सहस्रम् गुणाः यस्मिन्कर्मणि तत् सहस्रगुणम् ।

**अभि०**—यथा सूर्यः पृथिवीतो जलं गृहीत्वा सहस्रगुणाधिकं वर्षति तथैव राजा दिलीपः प्रजाकल्याणार्थमेव करं गृहीत्वा सहस्रगुणं कृत्वा ददौ, न तु स्वकीयभोगविलासार्थं जग्राहेति भावः ।

**हिन्दी०**—जैसे सूर्य अपनी किरणों के द्वारा पृथिवी से जल सोखकर हजारगुना वर्षा करता है, वैसे ही राजा दिलीप भी अपनी प्रजा से जो आय का छठा भाग कर रूप में लेते थे उसे प्रजा के कल्याण में ही लगा देते थे ॥१८॥

सेना परिच्छदस्तस्य द्वयमेवार्थसाधनम् ।
शास्त्रेष्वकुण्ठिता बुद्धिर्मौर्वी धनुषि चातता ॥ १९ ॥

**सञ्जीविनी**—तस्य राज्ञः सेना चतुरङ्गबलम् । परिच्छाद्यतेऽनेनेति परिच्छद उपकरणं बभूव । छत्रचामरादितुल्यमभूदित्यर्थः । 'पुंसि संज्ञायां घः प्रायेण' इति घप्रत्ययः । 'छादेर्घेऽद्व्युपसर्गस्य' इत्युपधाह्रस्वः । अर्थस्य प्रयोजनस्य तु साधनं द्वयमेव । शास्त्रेष्वकुण्ठिताऽव्याहता बुद्धिः । 'व्यापृता' इत्यपि पाठः । धनुष्याततास्ऽरोपिता मौर्वी ज्या च । 'मौर्वी ज्या शिञ्जिनी गुणः' इत्यमरः । नीतिपुरःसरमेव तस्य शौर्यमभूदित्यर्थः ॥१९॥

**अन्वयः**—तस्य, सेना, परिच्छदः, 'बभूव' अर्थसाधनं, द्वयमेव, शास्त्रेषु, अकुण्ठिता, बुद्धिः, धनुषि, आतता, मौर्वी, च ।

**वाच्य०**—तस्य सेनया परिच्छदेनाभावि, शास्त्रेष्वकुण्ठितया बुद्ध्या, धनुषि, आततया मौर्व्या चेति द्वयेनैवार्थसाधनेनाभावि ।

**व्याख्या**—तस्य = राज्ञो दिलीपस्य, सेना = सैन्यं = चतुरङ्गबलमित्यर्थः, परिच्छाद्यते अनेनेति परिच्छदः = उपकरणं, 'बभूव' छत्रचामरादितुल्यमित्यर्थः, अर्थस्य = प्रयोजनस्य, साधनं = निर्वर्तकं, द्वयम् = द्वितयम्, एव शास्त्रेषु = आगमेषु = नीतिशास्त्रेष्वित्यर्थः, अकुण्ठिता = अव्याहता, बुद्धिः = मतिः, धनुषि =

चापे, आतता = आरोपिता, मौर्वी = ज्या च । नीतिपूर्वकमेव दिलीपस्य शौर्यमभूदित्यर्थः ।

**समा०**—परिच्छाद्यते अनेन इति परिच्छदः । अर्थस्य साधनम् अर्थसाधनम् । न कुण्ठिता अकुण्ठिता ।

**अभि०**—राज्ञो दिलीपस्य सैन्यं तु छत्रचामरादिवत् शोभार्थमेव, किन्तु नीतिशास्त्रानुसारिणी बुद्धिः सज्यं धनुश्चेति द्वयमेव, सम्पूर्णप्रयोजनसाधकमभूत् ।

**हिन्दी**—राजा दिलीप की विशाल सेना तो केवल उपकरण 'शोभा' मात्र थी, और उसके प्रयोजन इन दो बातों से ही सिद्ध हो जाते थे, एक तो सम्पूर्ण शास्त्रावगाहिनी बुद्धि और दूसरी धनुष पर चढ़ी डोरी ॥१९॥

राज्यमूलं मन्त्रसंरक्षणं तस्यासीदित्याह—

तस्य संवृतमन्त्रस्य गूढाकारेङ्गितस्य च ।
फलानुमेयाः प्रारम्भाः संस्काराः प्राक्तना इव ॥ २० ॥

**सञ्जीविनी**—संवृतमन्त्रस्य गुप्तविचारस्य । 'वेदभेदे गुप्तवादे मन्त्रः' इत्यमरः । शोकहर्षादिसूचको भ्रुकुटीमुखरागादिराकारः इङ्गितं चेष्टितं हृदयगतविकारो वा । 'इङ्गितं हृद्गतो भावो बहिराकार आकृतिः' इति सज्जनः । गूढे आकारेङ्गिते यस्य । स्वभावचापलाद् भ्रमपरम्परया मुखरागादिलिङ्गैर्वा तृतीयगामिमन्त्रस्य तस्य । प्रारभ्यन्त इति प्रारम्भाः सामाद्युपायप्रयोगाः । प्रागित्यव्ययेन पूर्वजन्मोच्यते। तत्र भवाः प्राक्तनाः । 'सायंचिरंप्राह्णेप्रगेऽव्ययेभ्यष्टयुटयुलौ तुट् च' इत्यनेन ट्युलप्रत्ययः । संस्काराः पूर्वकर्मवासना इव । फलेन कार्येणानुमेया अनुमातुं योग्या आसन् । अत्र याज्ञवल्क्यः—'मन्त्रमूलं यतो राज्यमतो मन्त्रं सुरक्षितम् । कुर्याद्यथा तन्न विदुः कर्मणामा फलोदयात् ॥' इति ॥२०॥

**अन्वयः**—संवृतमन्त्रस्य, गूढाकारेङ्गितस्य, च, तस्य, प्रारम्भाः, प्राक्तनाः, संस्काराः, इव, फलानुमेयाः, 'आसन्' इति शेषः ।

**वाच्य०**—तस्य प्रारम्भैः प्राक्तनैः संस्कारैः, इव फलानुमेयैः अभावि ।

**व्याख्या**—संवृतः = गुप्तः, मन्त्रः = विचारो यस्य स तस्य संवृतमन्त्रस्य, आकारः = आकृतिः = हर्षशोकादिसूचको भृकुटिमुखरागादिरित्यर्थः, इङ्गितं = चेष्टितञ्चेति, आकारेङ्गिते, गूढे = अप्रकाशिते, आकारेङ्गिते यस्य स तस्य गूढाकारेङ्गितस्य, च तस्य = दिलीपस्य, प्रारभ्यन्त इति प्रारम्भाः = सामाद्युपायप्रयोगाः

प्राक्तनाः = पूर्वजन्मभवाः, संस्काराः = पूर्वकर्मवासनाः, इव = यथा, फलेन = कार्येण, अनुमेयाः = ज्ञेयाः, इति फलानुमेयाः 'आसन्' ।

**समा०**—संवृतः मन्त्रः यस्य सः संवृतमन्त्रः तस्य संवृतमन्त्रस्य । आकारः च इङ्गितं च आकारेङ्गिते, गूढे आकारेङ्गिते यस्य सः गूढाकारेङ्गितः, तस्य गूढाकारेङ्गितस्य । प्रारभ्यन्ते इति प्रारम्भाः । अनुमातुम् योग्याः अनुमेयाः, फलेन अनुमेयाः फलानुमेयाः ।

**अभि०**—गुप्तमंत्राकारचेष्टितस्य राज्ञो दिलीपस्य कार्याणि तथैव फलानुमेयानि आसन् यथा पूर्वजन्मसंस्काराः फलानुमेया भवन्ति ।

**हिन्दी**—सर्वप्रकार से मंत्रणा को गुप्त रखनेवाले तथा और बाहर-भीतर के सुख-दुःख के चिह्नों को भी छिपाने वाले राजा दिलीप के समस्त कार्य, पूर्वजन्म के संस्कारों के समान फल से ही जाने जाते थे ॥२०॥

संप्रति सामाद्युपायान्विनैवात्मरक्षादिकं कृतवानित्याह—

जुगोपात्मानमत्रस्तो भेजे धर्ममनातुरः ।
अगृध्नुराददे सोऽर्थमसक्तः सुखमन्वभूत् ॥२१॥

**सञ्जीविनी**—अत्रस्तोऽभीतः सन् । 'त्रस्तो भीरुभीरुकभीलुकाः' इत्यमरः । त्रासोपाधिमन्तरेणैव त्रिवर्गसिद्धेः प्रथमसाधनत्वादेवात्मानं शरीरं जुगोप रक्षितवान् । अनातुरोऽरुग्ण एव धर्मं सुकृतं भेजे । अर्जितवानित्यर्थः । अगृध्नुरगर्धनशील एवार्थमाददे स्वीकृतवान् । 'गृध्नुस्तु गर्धनः । लुब्धोऽभिलाषुकस्तृष्णक्समौ लोलुपलोलुभौ इत्यमरः, 'त्रसिगृधिधृषिक्षिपेः क्नुः' इति क्नुप्रत्ययः । असक्त आसक्तिरहित एव सुखमन्वभूत् ॥२१॥

**अन्वयः**—सः, अत्रस्तः, 'सन्' आत्मानं, जुगोप, अनातुरः, 'सन्' धर्मं, भेजे, अगृध्नुः, 'सन्' अर्थम्, आददे, असक्तः, 'सन्' सुखम्, अन्वभूत् ।

**वाच्य०**—तेनात्रस्तेन 'सता' आत्मा जुगुपे, अनातुरेण 'सता' धर्मो भेजे अगृध्नुना 'सता' अर्थः आददे, असक्तेन सुखमन्वभावि ।

**व्याख्या**—सः = राजा दिलीपः, न त्रस्तोऽत्रस्तः = अभीतः 'सन्' 'भयं विनैव-त्रिवर्गसिद्धेः, प्रथमसाधनत्वादेव', आत्मानं = शरीरं, जुगोप = ररक्ष = रक्षितवानित्यर्थः । न, आतुरः, अनातुरः = अरुग्णः, 'सन्' धर्मं = सुकृतं = पुण्यमित्यर्थः, भेजे = सिषेवे, अर्जितवानित्यर्थः, न गृध्नुः अगृध्नुः = अलुब्धः, 'सन्' अर्थं =

धनं = वित्तमिति यावत्, आददे = स्वीचकार = स्वीकृतवानित्यर्थः, न सक्तः, असक्तः = आसक्तिरहितः, 'सन्' सुखम् = आनन्दम्, अन्वभूत् = अनुभूतवान् ।

**समा०**—न त्रस्तः अत्रस्तः, न आतुरः अनातुरः, न गृध्नुः अगृध्नुः, न सक्तः असक्तः ।

**अभि०**—राजा दिलीपो भीत्या शरीरं न रक्षितवान् किन्तु अभीत एव, रोगात् धर्मं न पालयामास, अपितु स्वस्थ एव, एवं लोभस्य कारणाद् धनं नाददे किन्तु अलुब्ध एव, एवं सुखानुभवमपि आसक्तिरहित एवान्वभूत् ।

**हिन्दी**—राजा दिलीप निडर होकर अपनी रक्षा करते थे, नीरोग होकर धर्म की सेवा करते थे एवं लोभ छोड़कर धन का संग्रह करते थे, तथा आसक्ति (मोह) को त्यागकर सांसारिक सुखों का अनुभव करते थे ॥२१॥

परस्परविरुद्धानामपि गुणानां तत्र साहचर्यमासीदित्याह—

ज्ञाने मौनं क्षमा शक्तौ त्यागे श्लाघाविपर्ययः ।
गुणा गुणानुबन्धित्वात्तस्य सप्रसवा इव ॥२२॥

**सञ्जीविनी**—ज्ञाने परवृत्तान्तज्ञाने सत्यपि मौनं वाङ्नियमनम् । यथाह कामन्दकः—'नास्योपतापि वचनं मौनं व्रतचरिष्णुता' इति । शक्तौ प्रतीकारसामर्थ्येऽपि क्षमापकारसहनम् । अत्र चाणक्यः—'शक्तानां भूषणं क्षमा' इति । त्यागे वितरणे सत्यपि श्लाघाया विकत्थनस्य विपर्ययोऽभावः । अत्राह मनुः—'न दत्त्वा परिकीर्तयेत्' इति । इत्थं तस्य गुणा ज्ञानादयो गुणैर्विरुद्धैर्मौनादिभिरनुबन्धित्वात्सहचारित्वात् । सह प्रसवो जन्म येषां ते सप्रसवाः सोदरा इवाभूवन् । विरुद्धा अपि गुणास्तस्मिन्नविरोधेनैव स्थिता इत्यर्थः ॥२२॥

**अन्वयः**—ज्ञाने, मौनं, शक्तौ, क्षमा, त्यागे, श्लाघाविपर्ययः 'इत्थं' तस्य, गुणाः गुणानुबन्धित्वात्, सप्रसवाः, इव, 'अभूवन्' ।

**वाच्य०**—ज्ञाने मौनेन, शक्तौ क्षमया, त्यागे श्लाघाविपर्ययेण, तस्य गुणैः गुणानुबन्धित्वात् सप्रसवैरिव अभावि ।

**व्याख्या**—ज्ञाने = परवृत्तान्तज्ञाने सत्यपि, मौनं = मौनावलम्बनम्, शक्तौ = प्रतीकारसामर्थ्येऽपि, क्षमा = क्षमाकरणम् = अपकारसहनमित्यर्थः, त्यागे = दाने सत्यपि, श्लाघायाः = विकत्थनस्य = आत्मप्रशंसाया इत्यर्थः, विपर्ययोऽभाव

इति, श्लाघाविपर्ययः, 'इत्थं' तस्य = राज्ञो दिलीपस्य गुणाः = ज्ञानादयः, गुणैः मौनादिभिः, विरुद्धैः, अनुबन्धित्वं = सहचारित्वमिति तस्मात् गुणानुबन्धित्वात्, सह प्रसवः = जन्म येषां ते सप्रसवाः = सहोदरा, इव = यथा, अभूवन् ।

**समा०** —श्लाघायाः विपर्ययः श्लाघाविपर्ययः। अनु बध्नन्ति इति अनुबन्धिनः, अनुबन्धिनां भावः अनुबन्धित्वम् गुणैः अनुबन्धित्वम् गुणानुबन्धित्वम् तस्मात् गुणानुबन्धित्वात् । सह प्रसवः येषाम् ते सप्रसवाः ।

**अभि०**—तस्मिन् दिलीपे, परस्परविरुद्धा अपि ज्ञानमौनादिगुणाः, सोदराः, इव, एकत्राभूवन् ।

**हिन्दी**—दूसरों की बात जानकर भी चुप रहना, शत्रु से बदला लेने की सामर्थ्य रहते भी क्षमा करना, तथा दान देकर आत्मप्रशंसा न करना, इस प्रकार दिलीप के ज्ञानादि गुण, मौनादि विरुद्ध गुणों के साथ रहने के कारण सगे भाई जैसे जान पड़ते थे। अर्थात् दिलीप में, परस्पर विरोधी गुण बिना विरोध के रहते थे ॥२२॥

द्विविधं वृद्धत्वम् ज्ञानेन वयसा च । तत्र तस्य ज्ञानेन वृद्धत्वमाह—

**अनाकृष्टस्य विषयैर्विद्यानां पारदृश्वनः ।**
**तस्य धर्मरतेरासीद् वृद्धत्वं जरसा विना ॥२३॥**

**सञ्जीविनी**—विषयैः शब्दादिभिः 'रूपं शब्दो गन्धरसस्पर्शाश्च विषया अमी' इत्यमरः। अनाकृष्टस्यावशीकृतस्य विद्यानां वेदवेदाङ्गादीनां पारदृश्वनः पारगन्तं दृष्टवतः। दृशेः क्वनिप् । धर्मे रतिर्यस्य तस्य राज्ञो जरसा विना। 'विस्रसा जरा' इत्यमरः। 'षिद्भिदादिभ्योऽङ्' इत्यङ्प्रत्ययः, 'जराया जरसन्यतरस्याम्' इति जरसादेशः । वृद्धत्वं वार्द्धकमासीत् । तस्य यूनोऽपि विषयवैराग्यादिज्ञानगुणसंपत्त्या ज्ञानतो वृद्धत्वमासीदित्यर्थः। नाथस्तु चतुर्विधं वृद्धत्वमिति ज्ञात्वा 'अनाकृष्टस्य' इत्यादिना विशेषणत्रयेण वैराग्यज्ञानशीलवृद्धत्वान्युक्तानीत्यवोचत् ॥२३॥

**अन्वयः**—विषयैः अनाकृष्टस्य, विद्यानां, पारदृश्वनः, धर्मरतेः, तस्य, जरसा विना, वृद्धत्वम्, आसीत् ।

**वाच्य०**—धर्मरतेस्तस्य जरसा विना वृद्धत्वेनाभावि ।

**व्याख्या**--विषयैः=शब्दादिभिः, न, आकृष्टः अनाकृष्टस्तस्य, अनाकृष्टस्य, विद्यानां=वेदवेदांगादीनां, पारम्=अन्तं, दृष्टवान्=ज्ञातवान्, इति पारदृश्वा, तस्य पारदृश्वनः, धर्मे=सुकृते, रतिः=अनुरागो यस्य स, तस्य धर्मरतेः तस्य= राज्ञो दिलीपस्य, जरसा=जरया, वृद्धावस्थयेत्यर्थः, विना=अन्तरेण, वृद्धस्य भावः, कर्म वा, वृद्धत्वं=वार्धकम्, आसीत्।

**समा०**--न आकृष्टः अनाकृष्टः तस्य अनाकृष्टस्य। पारम् दृष्टवान् इति पारदृश्वा तस्य पारदृश्वनः। धर्मे रतिः यस्य सः धर्मरतिः तस्य धर्मरतेः। वृद्धस्य भावः कर्म वा वृद्धत्वम्।

**अभि०**-यौवनसम्पन्नस्यापि विषयवैराग्यादिज्ञानगुणसम्पत्तिशालिनो धर्मरतेः राज्ञो दिलीपस्य वृद्धावस्थामन्तरेणापि ज्ञानतो वृद्धत्वमासीत्।

**हिन्दी**—सांसारिक भोगों से दूर रहनेवाले वेदवेदांगादि के पारंगत, धर्मानुरागी राजा दिलीप जवानी में ही इतने ज्ञानसम्पन्न हो गए कि वृद्धावस्था के विना भी उनमें बुढ़ापा जान पड़ने लगा, अर्थात् ज्ञान से बड़े-बूढ़े जान पड़ते थे ॥ २२ ॥

प्रजानां विनयाधानाद्रक्षणाद्भरणादपि।
स पिता पितरस्तासां केवलं जन्महेतवः॥ २४॥

**सञ्जीविनी**--प्रजायन्त इति प्रजा जनाः 'उपसर्गे च संज्ञायाम्' इति डप्रत्ययः। 'प्रजा स्यात्संततौ जने' इत्यमरः। तासां विनयस्य शिक्षाया आधानात्करणात् सन्मार्गप्रवर्तनादिति यावत्। रक्षणाद्भयहेतुभ्यस्त्राणात् आपन्निवारणादिति यावत्। भरणादन्नपानादिभिः पोषणादपि। अपिः समुच्चये। स राजा पिताऽभूत्। तासां पितरस्तु जन्महेतवो जन्ममात्रकर्तारः। केवलमुत्पादका एवाभूवन्। जननमात्र एव पितॄणां व्यापारः। सदा शिक्षारक्षणादिकं तु स एव करोतीति तस्मिन्पितृत्वव्यपदेशः। आहुश्च--'स पिता यस्तु पोषकः' इति॥२४॥

**अन्वयः**--प्रजानां विनयाधानात् रक्षणात्, भरणात्, अपि, सः पिता "अभूत्," तासां पितरः 'तु' केवलं जन्महेतवः "अभूवन्"।

**वाच्य०**--प्रजानां विनायाधानात् भरणात् रक्षणादपि तेन पित्राऽभूयत, तासां पितृभिः, जन्महेतुभिरभूयत।

**व्याख्या**—प्रजायन्ते इति = प्रजास्तासाम्प्रजानां = जनानां, विनयस्य = शिक्षणस्य, आधानं = करणं, तस्मात्, विनयाधानात्, सन्मार्गे प्रवर्तनादित्यर्थः, रक्षणात् = चौरादिभयहेतुभ्यस्त्राणात्, विपत्तिनिवारणादित्यर्थः, भरणात् = अन्नपानादिदानेन पोषणात्, अपि सः = राजा दिलीपः, पाति = रक्षतीति पिता = पालकः, 'अभूत्', तासां प्रजानां, पितरः = जनकाः, तु, जन्मतः = जन्ममात्रस्य, उत्पादनमात्रस्येति यावत्, हेतवः = कर्तारः, 'एव अभूवन्' ।

**समा०**—प्रकर्षेण जायन्ते इति प्रजाः तासाम् प्रजानाम् । विनयस्य आधानम् विनयाधानम् तस्मात् विनयाधानात् । पाति इति पिता । जन्मनः हेतवः जन्महेतवः ।

**अभि०**—राजा दिलीपो हि स्वप्रजानां शिक्षणभरणरक्षणं सर्वदैवाकरोदिति स एव पिता आसीत्, पितॄणां केवलं जननव्यापारो न तु शिक्षणादिषु ।

**हिन्दी**—अपनी प्रजा को नम्रता, सदाचार की शिक्षा देने से, और उसकी आपत्तियों से रक्षा करने से, एवं अन्नजल की व्यवस्था करके पालन करने से राजा दिलीप ही वास्तव में प्रजा के पिता थे, पिता कहाने वाले और सब तो केवल जन्म देकर नाममात्र के ही पिता थे ॥२४॥

स्थित्यै दण्डयतो दण्ड्यान्परिणेतुः प्रसूतये ।
अप्यर्थकामौ तस्यास्तां धर्म एव मनीषिणः ॥२५॥

**सञ्जीविनी**—दण्डमर्हन्तीति दण्ड्याः 'दण्डादिभ्यो यः' इति यप्रत्ययः । 'अदण्ड्यान् दण्डयन् राजा दण्ड्यांश्चैवाप्यदण्डयन् । अयशो महदाप्नोति नरकं चैव गच्छति ॥' इति शास्त्रवचनात् । तान् दण्ड्यानेव स्थित्यै लोकप्रतिष्ठार्थं दण्डयतः शिक्षयतः । प्रसूतये संतानायैव परिणेतुर्दारान्परिगृह्णतः । मनीषिणो विदुषः दोषज्ञस्येति यावत् । 'विद्वान्विपश्चिद्दोषज्ञः सन्सुधीः कोविदो बुधः । धीरो मनीषी' इत्यमरः । तस्य दिलीपस्यार्थकामावपि धर्म एवास्तां जातौ । अस्तेर्लङ् । अर्थकामसाधनयोर्दण्डविवाहयोर्लोकस्थापनप्रजोत्पादनरूपधर्मार्थत्वेनानुष्ठानादर्थकामावपि धर्मशेषतामापादयन्स राजा धर्मोत्तरोऽभूदित्यर्थः । आह च गौतमः—'न पूर्वाह्णमध्यदिनापराह्णानफलान्कुर्यात् यथाशक्ति धर्मार्थकामेभ्यस्तेषु धर्मोत्तरः स्यात्' इति ॥२५॥

**अन्वयः**—दण्ड्यान्, एव, स्थित्यै, दण्डयतः, प्रसूतये, परिणेतुः, मनीषिणः, तस्य, अर्थकामौ, अपि, धर्मः, एव, आस्ताम् ।

**वाच्य०**——मनीषिणस्तस्य, अर्थकामाभ्यामपि धर्मेणेव अभूयत ।

**व्याख्या**—दण्डमर्हन्तीति दण्ड्यास्तान् दण्डयोग्यान्, अपराधिन इत्यर्थः, 'एव', स्थित्यै = लोकप्रतिष्ठायै, दण्डयतः = शिक्षयतः, प्रसूतये = सन्तानाय, 'एव' परिणेतुः = कृतविवाहस्य, मनस ईषा मनीषा, मनीषा अस्यास्ति, इति मनीषी तस्य मनीषिणः = पण्डितस्य, दोषज्ञस्येत्यर्थः । तस्य = राज्ञो दिलीपस्य, अर्थः = धनं, कामः विषयेच्छा चेति, अर्थकामौ = तदाख्यपुरुषार्थौ, इत्यर्थः, अपि धर्मः = सुकृतमेव, आस्तां = जातौ ।

**समा०**——दण्डम् अर्हन्ति इति दण्ड्याः तान् दण्ड्यान्, परिणयति इति परिणेता तस्य परिणेतुः, मनसः ईषा मनीषा, सा अस्य अस्ति इति मनीषी तस्य मनीषिणः, अर्थश्च कामश्च अर्थकामौ ।

**अभि०**——लोकमर्यादारक्षणाय, अपराधिनामपराधानुसारं दण्डदानात्, सन्तानेच्छयैव विवाहसंस्कारकरणात् तस्य दिलीपस्य, अर्थकामावपि धर्म एव, आस्ताम् ।

**हिन्दी**—लोक मर्यादा की रक्षा के लिये अपराधियों को अपराध के अनुकूल दण्ड देनेवाले, और केवल पुत्र के लिये विवाह करने वाले विद्वान् राजा दिलीप का अर्थ और काम भी धर्म ही था॥२५॥

दुदोह गां स यज्ञाय सस्याय मघवा दिवम् ।
संपद्विनिमयेनोभौ दधतुर्भुवनद्वयम् ॥२६॥

**सञ्जीविनी**——स राजा यज्ञाय यज्ञं कर्तुं गां भुवं दुदोह । करग्रहणेन रिक्तां चकारेत्यर्थः । मघवा देवेन्द्रः सस्याय सस्यं वर्धयितुं दिवं स्वर्गं दुदोह । द्युलोकान्महीलोके वृष्टिमुत्पादयामासेत्यर्थः । 'क्रियार्थोपपदस्य०' इत्यादिना यज्ञसस्याभ्यां चतुर्थी । एवमुभौ संपदो विनिमयेन परस्परं आदानप्रतिदानाभ्यां भुवनद्वयं दधतुः पुपुषतुः । राजा यज्ञैरिन्द्रलोकमिन्द्रश्चोदकेन भूलोकं पुपोषेत्यर्थः । उक्तं च दण्डनीतौ—'राजा त्वर्थान्समाहृत्य कुर्यादिन्द्रमहोत्सवम् । प्रीणितो मेघवाहस्तु महतीं वृष्टिमावहेत् ॥' इति ॥२६॥

**अन्वयः**——सः, यज्ञाय, गां, दुदोह, मघवा, सस्याय, दिवं, "दुदोह" एवम्" उभौ, सम्पद्विनिमयेन, भुवनद्वयं, दधतुः ।

**वाच्य०**—तेन यज्ञाय गौर्दुदुहे, मघोना सस्याय द्यौः "दुदुहे" उभाभ्यां सम्पद्विनिमयेन भुवनद्वयं दधे।

**व्याख्या**—सः = राजा दिलीपः, यज्ञाय = यज्ञं कर्तुं, गां = पृथिवीं, दुदोह = अदुहत्, करग्रहणात् पृथिवीं रिक्तां चकारेत्यर्थः, मघवा = इन्द्रः, 'इन्द्रो मरुत्वान्मघवा विडौजाः पाकशासनः इत्यमरः। सस्याय = धान्याय, दिवं = स्वर्गं दुदोह, स्वर्गलोकात् मृत्युलोके वृष्टिमुत्पादयामासेत्यर्थः, 'एवम्' उभौ = इन्द्रदिलीपौ, सम्पदः = सस्यवृष्टिरूपस्य, विनिमयः = परस्परमादानप्रदानं, तेन सम्पद्विनिमयेन, भुवनयोः = स्वर्गभूलोकयोः, द्वयं = द्वितयमिति भुवनद्वयं, दधतुः = पुपुषतुः।

**समा०**—सम्पदः विनिमयः सम्पद्विनिमयः तेन सम्पद्विनिमयेन। भुवनयोः द्वयम् भुवनद्वयं तत्।

**अभि०**—राजा दिलीपः प्रजाभ्यः करं गृहीत्वा यज्ञैरिन्द्रलोकं पुपोष, इन्द्रश्च वर्षणद्वारा धान्यादि संवर्ध्य मर्त्यलोकं पुपोष।

**हिन्दी**—राजा दिलीप, यज्ञ करने के लिये पृथिवी को दुहता था, 'अर्थात् प्रजा से कर लेकर यज्ञ करता था' और इन्द्र अन्न के लिये स्वर्ग को दुहता था, अर्थात् वर्षा करके अन्न को बढ़ाता था। इस प्रकार इन्द्र और दिलीप आपस में अपनी २ सम्पत्ति का आदान प्रदान करके दोनों भुवनों की रक्षा करते थे ॥२६॥

न किलानुययुस्तस्य राजानो रक्षितुर्यशः।
व्यावृत्ता यत्परस्वेभ्यः श्रुतौ तस्करता स्थिता ॥२७॥

**सञ्जीविनी**—राजानोऽन्ये नृपा रक्षितुर्भयेभ्यस्त्रातुस्तस्य राज्ञो यशो नानुययुः किल नानुचक्रुः खलु। कुतः। यद्यस्मात्कारणात्तस्करता चौर्यं परस्वेभ्यः परधनेभ्यः स्वविषयभूतेभ्यो व्यावृत्ता सती श्रुतौ वाचकशब्दे स्थिता प्रवृत्ता। अपहार्यान्तराभावात्तस्करशब्द एवापहृत इत्यर्थः। अथवा 'अत्यन्तासत्यपि ह्यर्थे ज्ञानं शब्दः करोति हि' इति न्यायेन शब्दे स्थिता स्फुरिता न तु स्वरूपतोऽस्तीत्यर्थः॥२७॥

**अन्वयः**—राजानः, रक्षितुः, तस्य, यशः, न, अनुययुः किल, यत्, तस्करता, परस्वेभ्यः, व्यावृत्ता, 'सती' श्रुतौ, स्थिता।

**वाच्य०**—राजभिः रक्षितुस्तस्य यशः, नानुयये किल, यत् तस्करतया परस्वेभ्यो व्यावृत्तया 'सत्या' श्रुतौ स्थितयाऽभावि।

**व्याख्या**—राजानः = अन्ये भूपालाः, रक्षितुः = पालयितुः भयेभ्यस्त्रातुरित्यर्थः, तस्य = दिलीपस्य, यशः = कीर्तिं, न = नहि, अनुययुः = अनुचक्रुः, किल = खलु, 'कुतः' यत् = यस्मात्, तस्करस्य = चौरस्य, भावः कर्म वा, तस्करता = चौर्यं, परेषाम् = अन्येषां, स्वानि = धनानि, तेभ्यः परस्वेभ्यः, 'स्वोऽस्त्रियां धने' इत्यमरः। व्यावृत्ता = निवृत्ता, 'सती' श्रुतौ = कर्णे, स्थिता = अस्थात्।

**समा०**—तस्करस्य भावः तस्करता, परेषाम् स्वानि परस्वानि तेभ्यः परस्वेभ्यः।

**अभि०**—भयकारणेभ्यस्त्राणकर्तुर्दिलीपस्य कीर्तिम्, अन्ये भूपाला नानुकृतवन्तः यतोहि दिलीपराज्ये तस्करत्वं केवलं श्रुतिगोचरमेव नतु स्वरूपतोऽस्तीति।

**हिन्दी**—भय के कारणों से रक्षा करने वाले राजा दिलीप के यश को कोई भी राजा न पा सका। क्योंकि उनके राज्य में चोरी यह शब्द केवल सुनने में ही आता था, अर्थात् दिलीप के राज्य में कोई किसी के धन का अपहरण नहीं करता था, इसलिए उनके यश की भी चोरी न हुई ॥२७॥

द्वेष्योऽपि संमतः शिष्टस्तस्यार्तस्य यथौषधम्।
त्याज्यो दुष्टः प्रियोऽप्यासीदङ्गुलीवोरगक्षता ॥२८॥

**सञ्जीविनी**—शिष्टो जनो द्वेष्यः शत्रुरपि। आर्तस्य रोगिण औषधं यथौषधमिव। तस्य संमतोऽनुमत आसीत्। दुष्टो जनः प्रियोऽपि प्रेमास्पदीभूतोऽपि। उरगक्षता सर्पदष्टांगुलीव। 'छिन्द्याद् बाहुमपि दुष्टमात्मनः' इति न्यायात् त्याज्य आसीत्। तस्य शिष्ट एव बन्धुर्दुष्ट एव शत्रुरित्यर्थः ॥२८॥

**अन्वयः**—शिष्टः, द्वेष्यः, अपि, आर्त्तस्य, औषधं, यथा, तस्य, सम्मतः, 'आसीत्' दुष्टः, प्रियः, अपि, उरगक्षता, अङ्गुलीव, "तस्य", त्याज्य, "आसीत्"।

**वाच्य०**—शिष्टेन द्वेष्येणापि, औषधेन यथा तस्य सम्मतेनाभूयत, दुष्टेन प्रियेणापि, उरगक्षतया, अंगुल्या, इव, त्याज्येन अभूयत।

**व्याख्या**—शिष्टः = सज्जनः, द्वेष्यः = शत्रुः, अपि, आर्त्तस्य = पीडितस्य = रोगिण इत्यर्थः। औषधं = भेषजं, 'भेषजौषधभैषज्यानि' इत्यमरः। यथा = इव, तस्य = राज्ञो दिलीपस्य, सम्मतः = अनुमतः = प्रिय इत्यर्थः, आसीत् इति शेषः, दुष्टः = दुर्जनः, प्रियः = प्रेमास्पदीभूतः, मित्रमिति यावत्, अपि, उरगेण = सर्पेण, क्षता

=दष्टा, इति, उरगक्षता, अंगुली=करशाखा, इव=यथा, "तस्य" त्याज्यः= त्यक्तुं योग्यः परिहार्यः "आसीत्" ।

**समा०**—द्वेष्टुम् योग्यः द्वेष्यः, प्रीणाति इति प्रियः, उरसा गच्छति इति उरगः, उरगेणक्षता उरग क्षता, त्यक्तुम् योग्यः त्याज्यः ।

**अभि०**—यथा रोगार्त्तस्य तिक्तौषधमपि प्रियं भवति तथैव दिलीपस्य शिष्टपुरुषः शत्रुरपि प्रियः, दुष्टः बन्धुरपि सर्पदष्टांगुलीव परिहरणीयोऽभूत् ।

**हिन्दी**—सज्जन पुरुष, शत्रु होते हुए भी दिलीप का वैसे ही प्रिय था जैसे रोगी को कड़वी औषधि । और दुष्ट मनुष्य प्रिय बन्धु होते हुए भी वैसे ही त्याज्य था, जैसे सांप से डसी अँगुली ॥२८॥

तस्य परोपकारित्वमाह—

तं वेधा विदधे नूनं महाभूतसमाधिना ।
तथा हि सर्वे तस्यासन्परार्थैकफला गुणाः ॥२९॥

**सञ्जीविनी**—वेधाः स्रष्टा । 'स्रष्टा प्रजापतिर्वेधा' इत्यमरः । तं दिलीपम् । समाधीयतेऽनेनेति समाधिः कारणसामग्री । महाभूतानां यः समाधिस्तेन महाभूतसमाधिना विदधे ससर्ज । नूनं ध्रुवम् । इत्युत्प्रेक्षा । तथाहि । तस्य राज्ञः सर्वे गुणा रूपरसादिमहाभूतगुणवदेव परार्थः परप्रयोजनमेवैकं मुख्यं फलं येषां ते तथोक्ता आसन् । महाभूतगुणोपमानेन कारणगुणाः कार्यं संक्रामन्तीति न्यायः सूचितः ॥२९॥

**अन्वयः**—वेधाः, तं, महाभूतसमाधिना, विदधे, नूनं, तथा हि, तस्य, सर्वे, गुणाः, परार्थैकफलाः, आसन् ।

**वाच्य०**—वेधसा, महाभूतसमाधिना स विदधे नूनं, तथाहि तस्य सर्वैः, गुणैः =परार्थैकफलैः, अभूयत ।

**व्याख्या**—वेधाः=प्रजापतिः 'स्रष्टा प्रजापतिर्वेधाः' इत्यमरः । तं= राजानं=दिलीपं, समाधीयतेऽनेन इति समाधिः, महाभूतानां=पृथिव्यप्तेजोवाय्वाकाशानां, समाधिः=कारणसामग्री, इति महाभूतसमाधिस्तेन महाभूतसमाधिना, विदधे=ससर्ज=विरचितवानित्यर्थः, नूनं=ध्रुवमित्युत्प्रेक्षा, तथाहि=यतः तस्य=राज्ञो दिलीपस्य, सर्वे=सम्पूर्णाः, गुणाः=दयादाक्षिण्यादयः, रूपरसादि-

महाभूतगुणवदेवेति यावत्, परस्य = अन्यस्य, अर्थः = प्रयोजनमेव, एकं = मुख्यं, फलं = परिणामः, येषान्ते, परार्थैकफलाः, आसन् = अभूवन् ।

**समा०**—समाधीयते अनेन इति समाधिः, महाभूतानाम् समाधिः महाभूतसमाधिः, तेन महाभूतसमाधिना । परस्य अर्थः परार्थः, परार्थः एव एकम् फलम् येषाम् ते परार्थैकफलाः ।

**अभि०**—ब्रह्मा यया कारणसामग्र्या पृथिव्यादि महाभूतपञ्चकं निर्मितवान्, तयैव कारणसामग्र्या राजानं दिलीपमपि ससर्ज, इत्यहमुत्प्रेक्षे, अत एव दिलीपस्य सर्वे गुणाः, महाभूतानां गुणवदेव परार्थैकप्रयोजना अभूवन् ।

**हिन्दी**—ब्रह्माजी ने जिस कारण सामग्री से 'पृथिवी जल अग्नि वायु आकाश' पंच महाभूतों को बनाया, उसी कारण सामग्री से महाराजा दिलीप को भी बनाया, यह निश्चित है, इसी लिये जैसे पंचभूतों के गुण दूसरों के लिये ही हैं वैसे ही राजा दिलीप के सभी गुण भी दूसरों के ही लिये थे ॥२९॥

स वेलावप्रवलयां परिखीकृतसागराम् ।
अनन्यशासनामुर्वीं शशासैकपुरीमिव ॥३०॥

**सञ्जीविनी**—स दिलीपः । वेलाः समुद्रकूलानि । 'वेला कूलेऽपि वारिधेः' इति विश्वः । ता एव वप्रवलयाः प्राकारवेष्टनानि यस्यास्ताम् । 'स्याच्चयो वप्रमस्त्रियाम् । प्राकारो वरणः सालः प्राचीनं प्रान्ततो वृतिः ।' इत्यमरः । परितः खातं परिखा दुर्गवेष्टनम् । 'खातं खेयं तु परिखा' इत्यमरः । 'अन्येष्वपि दृश्यते' इत्यत्रापि शब्दात्खनेर्डप्रत्ययः । अपरिखाः परिखाः संपद्यमानाः कृताः परिखीकृताः सागरा यस्यास्ताम् । अभूततद्भावे च्विः । अविद्यमानमन्यस्य राज्ञः शासनं यस्यास्तामनन्यशासनामुर्वीमेकपुरीमिव शशास । अनायासेन शासितवानित्यर्थः ॥ ३० ॥

**अन्वयः**—वेलावप्रवलयां, परिखीकृतसागराम्, अनन्यशासनाम्, उर्वीम्, एकपुरीम्, इव, शशास ।

**वाच्य०**—तेन वेलावप्रवलया, परिखीकृतसागरा, अनन्यशासना, उर्वी, एकपुरी, इव, शशासे ।

**व्याख्या**—सः = दिलीपः वप्रा = प्राकारा, एव वलयाः = वेष्टनानि, इति वप्रवलयाः वेलाः = समुद्रकूलानि = समुद्रतटानीत्यर्थः, एव वप्रवलयाः यस्याः सा

तां वेलावप्रवलयां, परितः खातानि परिखाः अपरिखाः परिखाः सम्पद्यमानाः कृताः, इति परिखीकृताः = दुर्गवेष्टनीकृताः, सागराः = समुद्राः यस्याः सा, तां तथोक्ताम्, अन्यस्य = अपरस्य = दिलीपभिन्नस्य, शासनं = शिक्षणं, रक्षणमिति, अन्यशासनं, न विद्यते अन्यशासनं यस्याः सा ताम्, अनन्यशासनाम्, उर्वीं = पृथिवीम्, एका चासौ पुरी चेति, एकपुरी तामेकपुरीम् = एकनगरीम्, इव = यथा, शशास = पालयामास, अप्रयासेन शासितवानित्यर्थः।

समा०—वप्राणि एव वलयाः वप्रवलयाः, वेलाः एव वप्रवलया यस्याः सा वेलावप्रवलया ताम् वेलावप्रवलयाम्। परितः खातानि परिखाः, अपरिखाः परिखाः सम्पद्यमानाः कृताः इति परिखीकृताः, परिखीकृताः सागराः यस्याः सा परिखीकृतसागरा ताम् परिखीकृतसागराम्। अन्यस्य शासनम् अन्यशासनम् न विद्यते अन्यशासनम् यस्याः सा अनन्यशासना ताम् अनन्यशासनाम्। एका च असौ पुरी एकपुरी ताम् एकपुरीम्।

अभि०—राज्ञा दिलीपेन समुद्रान्तायाः पृथिव्याः शासनम्, परिश्रमं विनैवैक-नगर्या रक्षणमिव चक्रे।

हिन्दी—राजा दिलीप ने समुद्र के तटरूपी परकोटा वाली तथा सागररूपी 'चारों तरफ की खाई' वाली, दूसरे राजाके शासन रहित सारी पृथिवी का शासन बिना परिश्रम इस प्रकार किया, जैसे कोई एक नगरी का शासन करता है ॥३०॥

तस्य दाक्षिण्यरूढेन नाम्ना मगधवंशजा।
पत्नी सुदक्षिणेत्यासीदध्वरस्येव दक्षिणा ॥३१॥

सञ्जीविनी—तस्य राज्ञो मगधवंशे जाता मगधवंशजा। 'सप्तम्यां जनेर्डः' इति डप्रत्ययः। एतेनाभिजात्यमुक्तम्। दाक्षिण्यं परच्छन्दानुवर्तनम्। 'दक्षिणः सरलोदारपरच्छन्दानुवर्तिषु' इति शाश्वतः। तेन रूढं प्रसिद्धम्। तेन नाम्ना। अध्वरस्य यज्ञस्य दक्षिणा दक्षिणाख्या पत्नीव सुदक्षिणेति प्रसिद्धा पत्न्यासीत्। अत्र श्रुतिः—'यज्ञो गन्धर्वस्तस्य दक्षिणाप्सरसः' इति। 'दक्षिणाया दाक्षिण्यं नाम-र्त्विजो दक्षिणत्वप्रापकत्वम्। ते दक्षन्ते दक्षिणां प्रतिगृह्य' इति च ॥३१॥

अन्वयः—तस्य, मगधवंशजा, दाक्षिण्यरूढेन, नाम्ना, अध्वरस्य, दक्षिणा, पत्नी, इव, सुदक्षिणा, इति, 'पत्नी' आसीत्।

**वाच्य०**—तस्य मगधवंशजया दाक्षिण्यरूढेन नाम्ना अध्वरस्य दक्षिणया पत्न्या, इव सुदक्षिणया अभूयत ।

**व्याख्या**—तस्य = राज्ञो दिलीपस्य, मगधानां = मगधदेशाधिपानां = राज्ञां, वंशः = अन्वयस्तत्र जाता = उत्पन्ना, इति मगधवंशजा, दाक्षिण्येन = परच्छन्दानुवर्तनेन, रूढं = प्रसिद्धं तेन दाक्षिण्यरूढेन नाम्ना = अभिधानेन, अध्वरस्य = यज्ञस्य, दक्षिणा = एतन्नाम्नी, पत्नी = भार्या, इव = यथा, सुदक्षिणा = सुदक्षिणेति-प्रसिद्धा, 'पत्नी' आसीत् = अभूत् ।

**समा०**—मगधानाम् वंशः मगधवंशः, मगधवंशे जाता मगधवंशजा, दक्षिणस्य भावः दाक्षिण्यम्, दाक्षिण्येन रूढं दाक्षिण्यरूढं तेन दाक्षिण्यरूढेन ।

**अभि०**—राज्ञो दिलीपस्य मगधकुलोत्पन्नान्वर्थनामवती, दिलीपस्य मनोनुकूला सुदक्षिणानाम्नी पत्नी, यज्ञस्य दक्षिणेवासीत् ।

**हिन्दी**—राजा दिलीप की, मगधकुल में उत्पन्न तथा राजा के चित्त का अनुसरण करने वाली सुदक्षिणा नाम से प्रसिद्ध पटरानी वैसी ही थी जैसी यज्ञ की पत्नी दक्षिणा ॥३१॥

कलत्रवन्तमात्मानमवरोधे महत्यपि ।
तया मेने मनस्विन्या लक्ष्म्या च वसुधाधिपः ॥३२॥

**सञ्जीविनी**—वसुधाधिपः । अवरोधेऽन्तःपुरवर्गे महति सत्यपि मनस्विन्या दृढचित्तया । पतिचित्तानुवृत्त्यादिनिर्बन्धक्षमयेत्यर्थः । तया सुदक्षिणया लक्ष्म्या चात्मानं कलत्रवन्तं भार्यावन्तं मेने । 'कलत्रं श्रोणिभार्ययोः' इत्यमरः । वसुधाधिप इत्यनेन वसुधया चेति गम्यते ॥३२॥

**अन्वयः**—**वसुधाधिपः, अवरोधे, महति, अपि, मनस्विन्या, तया, लक्ष्म्या, च, आत्मानं कलत्रवन्तं, मेने ।**

**वाच्य०**—वसुधाधिपेन, अवरोधे महति, अपि, मनस्विन्या तया लक्ष्म्या च, आत्मा कलत्रवान् मेने ।

**व्याख्या**—वसूनि = धनानि, दधाति = धारयतीति वसुधा, वसुधाया अधिपः = स्वामी, इति वसुधाधिपः अवरोधे = अन्तःपुरवर्गे, महति = अधिके, 'सत्यपि' प्रशस्तं मन अस्या अस्तीति मनस्विनी तया मनस्विन्या = दृढचित्तया पतिचित्ता-

नुवृत्यादिगणवर्त्येत्यर्थः, तया = सुदक्षिणया, लक्ष्म्या = राज्यश्रिया, च, आत्मानं = स्वं, कलत्रमस्यास्तीति कलत्रवान् तं कलत्रवन्तं = भार्यावन्तं मेने = मन्यते स्म ।

**समा०**—वसूनि दधाति इति वसुधा, अधिकं पाति इति अधिपः, वसुधाया अधिपः वसुधाधिपः। प्रशस्तम् मनः अस्या अस्ति इति मनस्विनी, तया मनस्विन्या। कलत्रम् अस्य अस्ति इति कलत्रवान् तम् कलत्रवन्तम् ।

**अभि०**—राज्ञो दिलीपस्य, अनेकाः स्त्रियः आसन्, किन्तु स स्वचित्तानुवर्तिन्या सुदक्षिणया, राज्यश्रिया च स्वं भार्यावन्तं मेनें ।

**हिन्दी**—चक्रवर्ती राजा दिलीप अनेक रानियों के होते हुए भी, पति की इच्छा का अनुसरण करनेवाली सुदक्षिणा और राज्यलक्ष्मी से ही अपने को स्त्री वाला मानते थे ॥३२॥

तस्यामात्मानुरूपायामात्मजन्मसमुत्सुकः ।
विलम्बितफलैः कालं स निनाय मनोरथैः ॥३३॥

**सञ्जीविनी**—स राजा । आत्मानुरूपायां तस्याम् । आत्मनो जन्म यस्यासावात्मजन्मा पुत्रः । तस्मिन्समुत्सुकः । यद्वा । आत्मनो जन्मनि पुत्ररूपेणोत्पत्तौ समुत्सुकः सन् 'आत्मा वै पुत्रनामासि' इति श्रुतेः । विलम्बितं फलं पुत्रप्राप्तिरूपं येषां तैर्मनोरथैः कदा मे पुत्रो भवेदित्याशाभिः कालं निनाय यापयामास ॥३३॥

**अन्वयः**—स, आत्मानुरूपायां, तस्याम्, आत्मजन्मसमुत्सुकः, 'सन्' विलम्बितफलैः, मनोरथैः, कालं, निनाय ।

**वाच्य०**—तेन, आत्मानुरूपायां तस्यामात्मजन्मसमुत्सुकेन, 'सता' विलम्बितफलैः, मनोरथैः कालो निन्ये ।

**व्याख्या**—सः = राजा दिलीपः, आत्मनः = स्वस्य, अनुरूपा = सदृशी तस्यामात्मानुरूपायां, तस्यां = सुदक्षिणायाम्, आत्मनः = स्वस्मात्, जन्म = उत्पत्तिः यस्यासौ, आत्मजन्मा = पुत्रः, तस्मिन् समुत्सुकः = उत्कण्ठितः, इति, आत्मजन्मसमुत्सुकः 'सन्' विलम्बितं = सञ्जातविलम्बं, फलं = पुत्रप्राप्तिरूपं येषान्ते तैः विलम्बितफलैः, मनोरथैः = आशाभिः = कदा मे पुत्रो भविष्यत्येवंरूपाभिरित्यर्थः। कालं = समयं, निनाय = यापयामास, नीतवानित्यर्थः ।

**समा०**—आत्मनः अनुरूपा आत्मानुरूपा तस्याम् आत्मानुरूपायाम् । आत्मनः

जन्म यस्य असौ आत्मजन्मा आत्मजन्मनि समुत्सुकः आत्मजन्मसमुत्सुकः । विलम्बितम् फलम् येषां ते विलम्बितफलाः, तैः विलम्बितफलैः ।

अभि०—सुदक्षिणायां स्वभार्यायां पुत्रोत्पत्तिमभिलषन्,दिलीपः बहूनि दिनानि यापयामास ।

हिन्दी—राजा दिलीप ने, अपने मनोनुकूल सुदक्षिणा में पुत्रोत्पत्ति की अभिलाषा से प्रतीक्षा करते हुए बहुत समय बिताया ॥३३॥

संतानार्थाय विधये स्वभुजादवतारिता ।
तेन धूर्जगतो गुर्वी सचिवेषु निचिक्षिपे ॥३४॥

**सञ्जीविनी**—तेन दिलीपेन । संतानोऽर्थः प्रयोजनं यस्य तस्मै संतानार्थाय विधयेऽनुष्ठानाय । स्वभुजादवतारितावरोपिता जगतो लोकस्य गुर्वी धूर्भारः सचिवेषु निचिक्षिपे निहिता ॥३४॥

**अन्वयः**—सन्तानार्थाय, विधये, स्वभुजादवतारिता, जगतः, गुर्वी, धूः, सचिवेषु, निचिक्षिपे ।

**वाच्य०**—सः, सन्तानार्थाय, विधये, स्वभुजात्, अवतारितां, जगतः गर्वीं, धुरं सचिवेषु, निचिक्षेप ।

**व्याख्या**—तेन = राज्ञा दिलीपेन, सन्तानः = पुत्रः, अर्थः = योजनं यस्यासौ सन्तानार्थस्तस्मै, सन्तानार्थाय, विधये = अनुष्ठानाय, स्वस्य भुजः, स्वभुजस्तस्मात् स्वभुजात् = निजबाहोः, अवतारिता = अवरोपिता, जगतः = संसारस्य, गुर्वी = दुर्भरा, 'गुरुस्तु गीष्पतौ श्रेष्ठे गुरौ पितरि दुर्भरे' । धूः = भारः, प्रजापालनरूपः कार्यभार इत्यर्थः, सचिवेषु = मन्त्रिषु, निचिक्षिपे = निहिता, स्थापितेत्यर्थः ।

**समा०**—सन्तानः अर्थः यस्य असौ सन्तानार्थः तस्मै सन्तानार्थाय । स्वस्य भुजः स्वभुजः तस्मात् स्वभुजात् ।

**अभि०**—पुत्रप्राप्त्यर्थमनुष्ठानं कर्तुं राज्ञा दिलीपेन राज्यभारोऽमात्येषु निहितः ।

**हिन्दी**—पुत्र की प्राप्ति के निमित्त अनुष्ठान करने के लिये राजा दिलीप ने, अपनी भुजाओं से उतारा हुआ प्रजापालनरूप राज्य भार मंत्रियों के ऊपर रख दिया, अर्थात् कार्यभार मंत्रियों को सौंप दिया ॥३४॥

अथाभ्यर्च्य विधातारं प्रयतौ पुत्रकाम्यया ।
तौ दम्पती वसिष्ठस्य गुरोर्जग्मतुराश्रमम् ॥३५॥

**सञ्जीविनी**—अथ धुरोऽवतारानन्तरं पुत्रकाम्ययात्मनः पुत्रेच्छया। 'काम्यच्च' इति पुत्रशब्दात्काम्यच्प्रत्ययः। 'अप्रत्ययात्' इति पुत्रकाम्यधातोरकारप्रत्ययः। ततष्टाप्, तया। तौ दंपती जायापती। राजदन्तादिषु जायाशब्दस्य दमिति निपातनात्साधुः। प्रयतौ पूतौ विधातारं ब्रह्माणमभ्यर्च्य। 'स खलु पुत्रार्थिभिरुपास्यते' इति मान्त्रिकाः। गुरोः कुलगुरोर्वसिष्ठस्याश्रमं जग्मतुः। पुत्रप्राप्त्युपायापेक्षयेति शेषः ॥३५॥

**अन्वयः**—अथ, पुत्रकाम्यया, प्रयतौ, तौ, दम्पती, विधातारम्, अभ्यर्च्य, गुरोः, वसिष्ठस्य, आश्रमं, जग्मतुः।

**वाच्य०**—पुत्रकाम्यया प्रयताभ्यां ताभ्याम्, विधातारमभ्यर्च्य, गुरोः वसिष्ठस्याश्रमो जग्मे।

**व्याख्या**—अथ = अनन्तरं = मंत्रिषु राज्यभारस्थापनानन्तरमित्यर्थः, आत्मनः पुत्रमिच्छतीति पुत्रकाम्यति, पुत्रकाम्यतीति पुत्रकाम्या, तया पुत्रकाम्यया = पुत्रेच्छया, प्रयतौ = पूतौ 'पवित्रः प्रयतः पूतः' इत्यमरः, स च सा चेति तौ = सुदक्षिणादिलीपौ, जाया च पतिश्चेति दम्पती = जायापती, विधातारं = ब्रह्माणम्, अभ्यर्च्य = सम्पूज्य, गुरोः = कुलगुरोः, वसिष्ठस्य = महर्षेः, आश्रमं = वासस्थानं, जग्मतुः = ययतुः। पुत्रप्राप्त्युपायज्ञानायेति भावः।

**समा०**—आत्मनः पुत्रम् इच्छति पुत्रकाम्यति, पुत्रकाम्यति इति पुत्रकाम्या तया पुत्रकाम्यया। स च सा च तौ। जाया च पतिश्च दम्पती। विदधाति इति विधाता तम् विधातारम्।

**अभि०**—पुत्रप्राप्त्युपायज्ञानाय ब्रह्माणं सम्पूज्य सुदक्षिणादिलीपौ स्वकुलगुरोः वसिष्ठस्याश्रमं जग्मतुः।

**हिन्दी**—मंत्रियों को राज्य का भार सौंपकर, राजा दिलीप तथा सुदक्षिणाने पवित्र होकर पुत्र की कामना से ब्रह्माजी की पूजा करके अपने कुलगुरु वसिष्ठजी के आश्रम की ओर प्रस्थान किया ॥३५॥

स्निग्धगम्भीरनिर्घोषमेकं स्यन्दनमास्थितौ।
प्रावृषेण्यं पयोवाहं विद्युदैरावताविव ॥३६॥

**सञ्जीविनी**—स्निग्धो मधुरो गम्भीरो निर्घोषो यस्य तमेकं स्यन्दनं रथम्। प्रावृषि भवः प्रावृषेण्यः। 'प्रावृष एण्यः' इत्येण्यप्रत्ययः। तं प्रावृषेण्यं पयोवाहं

मेघं विद्युदैरावताविव । आस्थितावारूढौ । जग्मतुरिति पूर्वेण संबन्धः । इरा आपः । 'इरा भूवाक्सुराप्सु स्यात्' इत्यमरः । इरावान्समुद्रः तत्र भव ऐरावतोऽभ्रमातङ्गः । 'ऐरावतोऽभ्रमातङ्गैरावणाभ्रमुवल्लभाः' इत्यमरः । 'अभ्रमातङ्गत्वाच्चाभ्रस्थरूपत्वात् इति क्षीरस्वामी । अत एव मेघारोहणं विद्युत्साहचर्यं च घटते । किंच विद्युत ऐरावतसाहचर्यादिवैरावती संज्ञा । ऐरावतस्य स्त्र्यैरावतीति क्षीरस्वामी । तस्मात्सुष्ठूक्तं विद्युदैरावताविवेति । एकरथारोहणोक्त्या कार्यसिद्धिबीजं दम्पत्योरत्यन्तसौमनस्यं सूचयति ।।३६।।

**अन्वयः**—**स्निग्धगम्भीरनिर्घोषम्, एकं, स्यन्दनं, प्रावृषेण्यं, पयोवाहं, विद्युदैरावतौ, इव, आस्थितौ, 'तौ जग्मतुरिति पूर्वेण संबन्धः'** ।

**वाच्य०**—स्निग्धगम्भीरनिर्घोषमेकं स्यन्दनं, प्रावृषेण्यं पयोवाहं विद्युदैरावताभ्याम् इव, आस्थिताभ्यां ताभ्यां जग्मे ।

**व्याख्या**—स्निग्धः = मधुरः, गम्भीरः = गभीरः, निर्घोषः = निर्ह्लादः ध्वनिरित्यर्थः, यस्य स तं स्निग्धगम्भीरनिर्घोषं, 'स्वाननिर्घोषनिर्ह्लादनादनिस्वाननिस्वनाः' इत्यमरः । एकं = केवलम् 'एके मुख्यान्यकेवलाः' इत्यमरः । स्यन्दनं = रथं, प्रावृषि = वर्षाकाले भवः प्रावृषेण्यस्तं प्रावृषेण्यं, पयांसि वहतीति पयोवाहस्तं पयोवाहं = मेघं, विद्युत् = तडित् च 'तडित्सौदामिनीविद्युद्' इत्यमरः। इराः = आपः, सन्त्यस्मिन्निति इरावान् = समुद्रस्तत्र भव ऐरावतः = अभ्रमातङ्गश्चेति विद्युदैरावतौ, इव = यथा, आस्थितौ = आरुढौ, सुदक्षिणादिलीपौ जग्मतुः ।

**समा०**—स्निग्धश्च असौ गम्भीरश्च स्निग्धगम्भीरः, स्निग्धगम्भीरः निर्घोषः यस्य सः स्निग्धगम्भीरनिर्घोषः तम् स्निग्धगम्भीरनिर्घोषम् । प्रावृषि भवः प्रावृषेण्यः तम् प्रावृषेण्यम् । पयांसि वहति इति पयोवाहः तम् पयोवाहम् । विशेषेण द्योतते इति विद्युत् । इराः 'जलानि' सन्ति अस्मिन् इति इरावान्, इरावत अपत्यम् ऐरावतः, विद्युत् च ऐरावतश्च विद्युदैरावतौ ।

**अभि०**—एकं रथमारूढौ सुदक्षिणादिलीपौ, वर्षाकालिकमेघारूढौ विद्युदैरावतौ यथा, वसिष्ठाश्रमं जग्मतुः ।

**हिन्दी**—मधुर एवं गंभीर घरघराहट वाले एक ही रथ पर चढ़कर सुदक्षिणादिलीप इस प्रकार चले जा रहे थे, जैसे वर्षा के बादल पर बिजली और ऐरावत 'इन्द्र का हाथी' चले जारहे हों ।।३६।।

मा भूदाश्रमपीडेति परिमेयपुरःसरौ ।
अनुभावविशेषात्तु सेनापरिवृताविव ॥३७॥

**सञ्जीविनी**––पुनः किंभूतौ दम्पती । आश्रमपीडा मा भून्मास्त्विति हेतोः । 'माङि लुङ्' इत्याशीरर्थे लुङ् । 'न माङ्योगे' इत्यडागमनिषेधः । परिमेयपुरःसरौ परिमितपरिचरौ । अनुभावविशेषात्तु तेजोविशेषात्सेनापरिवृताविव स्थितौ ॥

**अन्वयः**—आश्रमपीडा, मा भत्, इति, परिमेयपुरःसरौ, अनुभावविशेषात्, तु, सेनापरिवृतौ, इव, 'स्थितौ जग्मतुः' ।

**वाच्य०**—आश्रमपीडया मा भावीति परिमेयपुरःसराभ्याम्, अनुभावविशेषात्तु, सेनापरिवृताभ्यामिव ताभ्यां जग्मे ।

**व्याख्या**—आश्रमस्य = वसिष्ठाश्रमस्य, आश्रमवासिजनस्येत्यर्थः, पीडा = बाधा, कष्टं, मा भूत् = न भवतु, इति = हेतोः, पुरः = अग्रे, सरन्ति = गच्छन्तीति पुरःसराः, परिमातुं योग्याः परिमेयाः = परिमिताः, पुरःसराः = अनुचराः, ययोस्तौ परिमेयपुरःसरौ, अनुभावस्य = प्रभावस्य, तेजस इत्यर्थः, विशेषः = अतिशयस्तस्मात्, प्रभावविशेषात्, तु = किन्तु, सेनया = सैन्येन, परिवृतौ = अन्वितौ; इति सेनापरिवृतौ, 'ध्वजिनी वाहिनी सेना पृतनाऽनीकिनी चमूः । वरूथिनी बलं सैन्यम्' इत्यमरः । इव = यथा, 'स्थितौ जग्मतुरिति' पूर्वेणान्वयः ।

**समा०**––आश्रमस्य पीडा आश्रमपीडा । पुरः सरन्ति इति पुरःसराः, परिमातुम् योग्याः परिमेयाः, परिमेयाः पुरःसराः ययोः तौ परिमेयपुरःसरौ । अनुभावस्य विशेषः अनुभावविशेषः तस्मात् अनुभावविशेषात्, परितः वृतौ परिवृतौ सेनया-परिवृतौ सेनापरिवृतौ ।

**अभि०**––सेनया सह गमने वसिष्ठाश्रमस्य पीडा भविष्यतीतिहेतोः, त्रिचतुः-सेवकान्वितावपि सुदक्षिणादिलीपौ प्रतापातिशयेन सेनाव्याप्तौ, इव ययतुः ।

**हिन्दी**––आश्रम के निवासी जनों के कार्य में बाधा न हो, इसलिये राजा दिलीप ने परिमित 'तीन चार' सेवकों को ही साथ में लिया, किन्तु अपने प्रताप व तेज से वे ऐसे जान पड़ते थे, मानो बड़ी भारी सेना से घिरे हों ॥३७॥

सेव्यमानौ सुखस्पर्शैः शालनिर्यासगन्धिभिः ।
पुष्परेणूत्किरैर्वातैराधूतवनराजिभिः ॥३८॥

**सञ्जीविनी**—पुनः कथंभूतौ । सुखः शीतलत्वात्प्रियः स्पर्शो येषां तैः । शालनिर्यासगन्धिभिः सर्जतरुनिस्यन्दगन्धवद्भिः । 'शालः सर्जतरुः स्मृतः' इति शाश्वतः । उत्किरन्ति विक्षिपन्तीत्युत्किराः 'इगुपध०' इत्यादिना किरतेः कप्रत्ययः । पुष्परेणूनामुत्किरास्तैराधूता मान्द्यादीषत्कम्पिता वनराजयो यैस्तैर्वातैः सेव्यमानौ॥

**अन्वयः**—सुखस्पर्शैः शालनिर्यासगन्धिभिः, पुष्परेणूत्किरैः, आधूतवनराजिभिः, वातैः, सेव्यमानौ, 'तौ जग्मतुः' ।

**वाच्य०**—सुखस्पर्शैः......वातैः, सेव्यमानाभ्यां ताभ्यां जग्मे ।

**व्याख्या**—सुखः = सुखप्रदः, प्रिय इत्यर्थः, स्पर्शः = स्पर्शनमालिङ्गनं येषान्ते तैः सुखस्पर्शैः, शालेभ्यः = सर्जतरुभ्यः निर्यासाः = निस्यन्दाः, तेषां गन्धः = सुरभिः अस्ति, येषु ते तैः, शालनिर्यासगन्धिभिः, उत्किरन्ति = विक्षिपन्ति, इत्युत्किराः, पुष्पाणां = कुसुमानां रेणवः = धूलयः, इति पुष्परेणवस्तेषामुत्किरास्तैः पुष्परेणूत्किरैः, आङ् = ईषत्, धूताः = कम्पिताः, वनस्य = काननस्य, राजयः = पङ्क्तयो यैस्तैः, आधूतवनराजिभिः, वातैः = पवनैः सेव्यमानौ = परिचर्यमाणौ, तौ दम्पती जग्मतुरिति पूर्वेण संबन्धः ।

**समा०**—सुखः स्पर्शः येषाम् ते सुखस्पर्शाः, तैः सुखस्पर्शैः । शालेभ्यः निर्यासाः शालनिर्यासाः शालनिर्यासानाम् गन्धः शालनिर्यासगन्धः, शालनिर्यासगन्धः अस्ति येषु ते शालनिर्यासगन्धिनः, तैः शालनिर्यासगन्धिभिः । उत्किरन्ति इति उत्किराः, पुष्पाणाम् रेणवः पुष्परेणवः पुष्परेणूनाम् उत्किराः पुष्परेणूत्किराः, तैः पुष्परेणूत्किरैः। आ ईषत् धूताः इति आधूताः वनानां राजयः वनराजयः आधूताः वनराजयः यैः ते आधूतवनराजयः, तैः आधूतवनराजिभिः ।

**अभि०**—शीतलमन्दसुगन्धिभिः प्रियस्पर्शैः शुभसूचकैः पवनैः सेव्यमानौ सुदक्षिणादिलीपौ जग्मतुः ।

**हिन्दी**—प्रियस्पर्शवाले, शालके गोन्द की सुगन्धियुक्त फूलों के पराग को उड़ानेवाले और वनवृक्षों की पंक्ति को धीरे २ कँपानेवाले पवन से सेवा किये गये वे दोनों चले जा रहे थे ॥३८॥

मनोभिरामाः शृण्वन्तौ रथनेमिस्वनोन्मुखैः ।
षड्जसंवादिनीः केका द्विधा भिन्नाः शिखण्डिभिः ॥३९॥

**सञ्जीविनी**—रथनेमिस्वनोन्मुखैः । मेघध्वनिशङ्कयोन्नमितमुखैरित्यर्थः । शिखण्डिभिर्मयूरैर्द्विधा भिन्ना । शुद्धविकृतभेदेनाविष्कृतावस्थायां च्युताच्युतभेदेन वा षड्जो द्विविधः । तत्सादृश्यात्केका अपि द्विधा भिन्ना इत्युच्यते । अत एवाह—षड्जसंवादिनीरिति । षड्भ्यः स्थानेभ्यो जातः षड्जः । तदुक्तम्—'नासाकण्ठमुरस्तालुजिह्वादन्तांश्च संस्पृशन् । षड्भ्यः संजायते यस्मात्तस्मात्षड्ज इति स्मृतः ॥' स च तन्त्रीकण्ठजन्मा स्वरविशेषः । 'निषादर्षभगान्धारषड्जमध्यमधैवताः । पञ्चमश्चेत्यमी सप्त तन्त्रीकण्ठोत्थिताः स्वराः ॥' इत्यमरः । षड्जेन संवादिनीः सदृशीः । तदुक्तं मातङ्गेन—'षड्जं मयूरो वदति' इति मनोभिरामा मनसः प्रियाः । के मूर्ध्नि कायन्ति ध्वनन्तीति केका मयूरवाण्यः । 'केका वाणी मयूरस्य' इत्यमरः । ताः केकाः शृण्वन्तौ । इति श्लोकार्थः ॥३९॥

**अन्वयः**—रथनेमिस्वनोन्मुखैः, शिखण्डिभिः, द्विधा, भिन्नाः, षड्जसंवादिनीः, मनोभिरामाः, केकाः, शृण्वन्तौ, 'तौ जग्मतुः' ।

**वाच्य०**—मनोभिरामाः केकाः शृण्वद्भ्यां ताभ्यां जग्मे ।

**व्याख्या**—रथस्य = स्यन्दनस्य, नेमी = चक्रप्रान्तौ 'नेमिश्चक्रप्रान्ते स्त्रियामपीति' कोषः, तयोः, स्वनः = निनादस्तेन, उन्मुखाः = ऊर्ध्वाननाः, तैस्तथोक्तैः, शिखण्डिभिः = मयूरैः, द्विधा = शुद्धविकृतभेदेन द्विप्रकाराः, भिन्नाः = भेदमापन्नाः, षड्भ्यः स्थानेभ्यः, जातः = उत्पन्नः इति षड्जः, षड्जेन संवादिनीः = सदृशीः, इति षड्जसंवादिनीः, मनसः = चित्तस्य, अभिरामाः प्रियाः, इति मनोभिरामाः, के = मूर्धनि, कायन्ति = ध्वनन्तीति केकाः = मयूरवाण्यस्ताः केकाः, शृण्वन्तौ = आकर्णयन्तौ, तौ दम्पती जग्मतुः ।

**समा०**—रथस्य नेमी रथनेमी रथनेम्योः स्वनः रथनेमिस्वनः, उद्गतम् मुखम् येषाम् ते उन्मुखाः, रथनेमिस्वनेन उन्मुखाः रथनेमिस्वनोन्मुखाः, तैः रथनेमिस्वनोन्मुखैः । षड्भ्यः जातः षड्जः षड्जेन संवादिन्यः इति षड्जसंवादिन्यः, ताः षड्जसंवादिनीः । के कायन्ति इति केकाः, ताः केकाः ।

**अभि०**—रथचक्रप्रान्तोत्थितं निस्वनं मेघगर्जनं मत्वा, ऊर्ध्वमुखानां मयूराणां कर्णप्रियां केकां शृण्वन्तौ जग्मतुः ।

**हिन्दी**—रथ के पहिये की गड़गड़ाहट सुनकर 'मेघों के गर्जन की भ्रान्ति से' ऊपर को मुख किये हुए मोरों की, शुद्ध और विकृत भेद से दो प्रकार की,

षड्ज स्वर जैसी, मधुर मनोहर वाणी को सुनते हुए राजा दिलीप और सुदक्षिणा चले ॥३९॥

परस्पराक्षिसादृश्यमदूरोज्झितवर्त्मसु।
मृगद्वन्द्वेषु पश्यन्तौ स्यन्दनाबद्धदृष्टिषु ॥४०॥

**सञ्जीविनी**—विश्रम्भाददूरं समीपं यथा भवति तथोज्झितं वर्त्म यैस्तेषु। स्यन्दनाबद्धदृष्टिषु स्यन्दने रथ आबद्धा सञ्जिता दृष्टिर्नेत्रं येस्तेषु। 'दृग्दृष्टिनेत्र-लोचनचक्षुर्नयनाम्बकेक्षणाक्षीणि' इति हलायुधः। कौतुकवशाद्रथासक्तदृष्टि-ष्वित्यर्थः। मृग्यश्च मृगाश्च मृगाः 'पुमान्स्त्रिया' इत्येकशेषः। तेषां द्वन्द्वेषु मिथु-नेषु। 'स्त्रीपुंसौ मिथुनं द्वन्द्वम्' इत्यमरः। परस्पराक्ष्णां सादृश्यं पश्यन्तौ। द्वन्द्व-शब्दसामर्थ्यान्मृगीषु सुदक्षिणाक्षिसादृश्यं दिलीपो दिलीपाक्षिसादृश्यं च मृगेषु सुदक्षिणेत्येवं विवेक्तव्यम् ॥४०॥

**अन्वय**—**अदूरोज्झितवर्त्मसु स्यन्दनाबद्धदृष्टिषु, मृगद्वन्द्वेषु, परस्पराक्षिसा-दृश्यं, पश्यन्तौ, 'तौ जग्मतुः'।**

**वाच्य०**—अदूरोज्झितवर्त्मसु स्यन्दनाबद्धदृष्टिषु मृगद्वन्द्वेषु परस्पराक्षिसा-दृश्यं पश्यद्भ्यां, 'ताभ्यां जग्मे'।

**व्याख्या**—अदूरं=समीपं, यथा स्यात्तथा, उज्झितं=त्यक्तं, वर्त्म=मार्गो यैस्तानि, अदूरोज्झितवर्त्मानि तेषु तथोक्तेषु स्यन्दने=रथे, आसमन्तात्' बद्धाः= संलग्नाः, दृष्टयः=नेत्राणि यैस्तानि, स्यन्दनाबद्धदृष्टीनि तेषु स्यन्दनाबद्धदृष्टिषु, मृग्यः=हरिण्यश्च मृगाः=हरिणाश्चेति मृगाः, मृगाणां, द्वन्द्वानि=मिथुनानि, तेषु, मृगद्वन्द्वेषु, सदृशस्य भावः, सादृश्यम्, अक्ष्णां=नेत्राणां, सादृश्यं=सरूपता, इति, अक्षिसादृश्यं, परस्परस्य=अन्योन्यस्य, अक्षिसादृश्यं तत्, परस्पराक्षिसा-दृश्यं, 'दिलीपो मृगीषु सुदक्षिणाक्षिसादृश्यं, सुदक्षिणा च मृगेषु दिलीपाक्षिसादृश्य-मित्यर्थः, पश्यन्तौ=अवलोकयन्तौ, तौ जग्मतुः।

**समा०**—अदूरम् उज्झितम् वर्त्म यैः तानि अदूरोज्झितवर्त्मानि, तेषु अदूरो-ज्झितवर्त्मसु। स्यन्दने आसमन्तात् बद्धा दृष्टिः यैः तानि स्यन्दनाबद्धदृष्टीनि तेषु स्यन्दनाबद्धदृष्टिषु। मृग्यः च मृगाः च मृगाः, मृगाणाम् द्वन्द्वानि मृगद्वन्द्वानि, तेषु मृगद्वन्द्वेषु। सदृशस्य भावः सादृश्यम्, अक्ष्णाम् सादृश्यम् अक्षिसादृश्यम्, परस्परस्य अक्षिसादृश्यम् इति परस्पराक्षिसादृश्यम् तत् परस्पराक्षिसादृश्यम्।

**अभि०**—विश्वासात् रथमार्गसमीपे स्थितेषु कौतुकाद् रथासक्तलोचनेषु मृगमिथुनेषु, अन्योन्यस्य नेत्रसादृश्यं पश्यन्तौ सुदक्षिणादिलीपौ जग्मतुरिति ।

**हिन्दी**—रथ के मार्ग को छोड़कर पास से रथ को एक टक देखते हुए, मृगों के जोड़े में, सुदक्षिणा दिलीप, एक दूसरे के नेत्रों की समानता को देखते हुए, आश्रम को गये ॥४०॥

श्रेणीबन्धाद्वितन्वद्भिरस्तम्भां तोरणस्रजम् ।
सारसैः कलनिर्ह्रादैः क्वचिदुन्नमिताननौ ॥४१॥

**सञ्जीविनी**—श्रेणीबन्धात्पङ्क्तिबन्धनाद्धेतोरस्तम्भामाधारस्तम्भरहिताम् । तोरणं बहिर्द्वारम् । 'तोरणोऽस्त्री बहिर्द्वारम्' इत्यमरः । तत्र या स्रग्विरच्यते तां' तोरणस्रजं वितन्वद्भिः । कुर्वद्भिरिवेत्यर्थः । उत्प्रेक्षाव्यञ्जकेवशब्दप्रयोगाभावेऽपि गम्योत्प्रेक्षेयम् । कलनिर्ह्रादैरव्यक्तमधुरध्वनिभिः सारसैः पक्षिविशेषैः करणैः । क्वचिदुन्नमिताननौ । 'सारसो मैथुनी कामी गोनर्दः पुष्कराह्वयः इति यादवः ॥४१॥

**अन्वयः**—श्रेणीबन्धात्, अस्तम्भां, तोरणस्रजं, वितन्वद्भिः, कलनिर्ह्रादैः, सारसैः, क्वचिद्, उन्नमिताननौ, 'तौ जग्मतुः' ।

**वाच्य०**—सारसैः क्वचिदुन्नमिताननाभ्यां ताभ्यां जग्मे ।

**व्याख्या**—श्रेण्याः = पङ्क्तेः, बन्धः = बन्धनं, तस्मात्, श्रेणीबन्धात् = हेतोः, न विद्यते स्तम्भो यस्याः सा, अस्तम्भा, ताम्, आस्तम्भाम् = अधारस्तम्भरहितां, तोरणस्य = बहिर्द्वारस्य, 'तोरणोऽस्त्री बहिर्द्वारम् इत्यमरः' या स्रक् = माला, तां तोरणस्रजं वितन्वद्भिः = कुर्वद्भिः, 'इवेति शेषः' कलः = मधुरास्फुटः निर्ह्रादः = ध्वनिः, येषान्ते तैः, कलनिर्ह्रादैः सारसैः = पक्षिविशेषैः 'करणैः' क्वचित् = कुत्रचित् स्थाने, उन्नमिते = ऊर्ध्वंकृते, आनने = मुखे = याभ्यां तौ, उन्नमिताननौ 'वक्त्रास्ये वदनं तुण्डमाननं लपनं मुखम्' इत्यमरः तौ जग्मतुः ।

**समा०**—श्रेण्याः बन्धः श्रेणीबन्धः तस्मात् श्रेणीबन्धात् । न विद्यते स्तम्भः यस्याः सा अस्तम्भा ताम् अस्तम्भाम् । तोरणस्य स्रक् तोरणस्रक् ताम् तोरणस्रजम् । कलः निर्ह्रादः येषाम् ते कलनिर्ह्रादाः तैः कलनिर्ह्रादैः । उन्नमिते आनने याभ्याम् तौ उन्नमिताननौ ।

**अभि०**—क्वचित् प्रदेशे आकाशे पंक्ति बद्ध्वा गच्छतः, अतएव स्तम्भरहित-बहिर्द्वारमालासदृशान्, मधुराव्यक्तशब्दान् सारसान् वीक्षितुमुपरिकृताननौ सुदक्षिणादिलीपौ जग्मतुः।

**हिन्दी**—किसी स्थान में आकाश में उड़ते हुए तथा प्रिय बोलने वाले हंसों को देखने के लिये ऊपर को मुख उठाए हुए वे चले जा रहे थे, एक पांत में उड़ते हुए हंस ऐसे जान पड़ते थे माने बिना खम्भे ( चौखट ) के ही बन्दनवार टँगी हो ॥४१॥

पवनस्यानुकूलत्वात्प्रार्थनासिद्धिशंसिनः।
रजोभिस्तुरगोत्कीर्णैरस्पृष्टालकवेष्टनौ ॥४२॥

**सञ्जीविनी**—प्रार्थनासिद्धिशंसिनोऽनुकूलत्वादेव मनोर सिद्धिसूचकस्य पवनस्यानुकूलत्वाद् गन्तव्यदिगभिमुखत्वात्। तुरगोत्कीर्णै रजोभिरस्पृष्टा अलका देव्या वेष्टनमुष्णीषं च राज्ञो ययोस्तौ तथोक्तौ। 'शिरसा वेष्टनशोभिना सुतः' इति वक्ष्यति ॥४२॥

**अन्वयः**—प्रार्थनासिद्धिशंसिनः, पवनस्य, अनुकूलत्वात्, तुरगोत्कीर्णैः, रजोभिः अस्पृष्टालकवेष्टनौ, 'तौ जग्मतुः'।

**वाच्य०**—प्रार्थनासिद्धिशंसिनः पवनस्यानुकूलत्वात् तुरगोत्कीर्णैः रजोभिः अस्पृष्टालकवेष्टनाभ्यां ताभ्यां जग्मे।

**व्याख्या**—प्रार्थनायाः = मनोरथस्य, सिद्धिः = सफलता, इति प्रार्थनासिद्धिः, तां शंसितुं = सूचयितुं शीलं यस्य स तस्य प्रार्थनासिद्धिशंसिनः, पुनातीति पवनस्तस्य पवनस्य = वायोः, अनुकूलत्वात् = सम्मुखत्वात् गन्तव्यदिगभिमुखत्वादित्यर्थः, तुरगैः = अश्वैः, उत्कीर्णानि = उत्क्षिप्तानि तैः, तुरगोत्कीर्णैः, रजोभिः = धूलिभिः, अस्पृष्टाः = असंपृष्टाः, अलकाः = केशाः सुदक्षिणायाः, वेष्टनम् = उष्णीषं च दिलीपस्य, ययोस्तौ अस्पृष्टालकवेष्टनौ, तौ जग्मतुः।

**समा०**—प्रार्थनायाः सिद्धिः प्रार्थनासिद्धिः प्रार्थनासिद्धि शंसितुम् शीलम् यस्य सः प्रार्थनासिद्धिशंसी, तस्य प्रार्थनासिद्धिशंसिनः। पुनाति इति पवनः तस्य पवनस्य, अनुकूलस्य भावः अनुकूलत्वम् तस्मात् अनुकूलत्वात्, तुरगैः उत्कीर्णानि तुरगोत्कीर्णानि तैः तुरगोत्कीर्णैः। न स्पृष्टाः अस्पृष्टाः, अस्पृष्टाः अलकाः वेष्टनम् च ययोः तौ अस्पृष्टालकवेष्टनौ।

**अभि०**—स्वाभिलषितसूचकस्य वायोः गन्तव्यदिगभिमुखत्वात्, अश्वखुरोत्थिता धूलयो दिलीपस्योष्णीषे सुदक्षिणायाश्च कुटिलकेशेषु, च न संलग्नाः।

**हिन्दी**—मनोरथ की सफलता को सूचित करनेवाले वायु के अनुकूल होने से 'सामने दिशा में चलने से' घोड़ों के खुरों से उठी धूली सुदक्षिणा के केशों और राजा दिलीप की पगड़ी को न छू सकी ।।४२।।

सरसीष्वरविन्दानां वीचिविक्षोभशीतलम् ।
आमोदमुपजिघ्रन्तौ स्वनिःश्वासानुकारिणम् ।।४३।।

**सञ्जीविनी**—सरसीषु वीचिविक्षोभशीतलमूर्मिसंघट्टनेन शीतलं स्वनिःश्वासमनुकर्तुं शीलमस्येति स्वनिःश्वासानुकारिणम् । एतेन तयोरुत्कृष्टस्त्रीपुंसजातीयत्वमुक्तम् । अरविन्दानामामोदमुपजिघ्रन्तौ घ्राणेन गृह्णन्तौ ।।४३।।

**अन्वयः**—सरसीषु, वीचिविक्षोभशीतलं स्वनिःश्वासानुकारिणम्, अरविन्दानाम्, आमोदम्, उपजिघ्रन्तौ, 'तौ जग्मतुः'।

**वाच्य०**—सरसीषु वीचिविक्षोभशीतलं स्वनिःश्वासानुकारिणमरविन्दानामामोदमुपजिघ्रद्भ्यां 'ताभ्यां जग्मे'।

**व्याख्या**—सरसीषु = सरःसु तडागेष्वित्यर्थः। 'कासारः सरसी सरः' इत्यमरः। वीचीनां = तरङ्गाणां, विक्षोभः = संघट्टनं, तेन शीतलः = शीतः, 'सुषीमः शिशिरो जडः। तुषारः शीतलः शीतो हिमः सप्तान्यलिंगकाः' इत्यमरः। तं वीचिविक्षोभशीतलम्, स्वस्य = निजस्य, निःश्वासः = श्वासः, तमनुकर्तुं शीलमस्य तं स्वनिःश्वासानुकारिणम्, अरविन्दानां = कमलानाम्, आमोदम् = अतिनिर्हारिणम्, सुगन्धिमित्यर्थः, । 'आमोदः सोऽतिनिर्हारी' इत्यमरः, उपजिघ्रन्तौ = घ्राणेन्द्रियेण गृह्णन्तौ तौ जग्मतुः ।

**समा०**—वीचीनाम् विक्षोभः वीचिविक्षोभः वीचिविक्षोभेण शीतलः वीचिविक्षोभशीतलः तम् वीचिविक्षोभशीतलम्, स्वस्य निःश्वासः स्वनिःश्वासः स्वनिश्वासम् अनुकर्तुं शीलम् अस्य इति स्वनिःश्वासानुकारी तम् स्वनिःश्वासानुकारिणम् ।

**अभि०**—सरःसम्पर्कात् शीतलमत एव स्वनिःश्वासगन्धानुकारिणं कमलगन्धं जिघ्रन्तौ तौ ययतुः ।

**हिन्दी**—तालाबों की तरंगों में टकराने से शीतल अतएव अपने श्वास वायु का अनुकरण करने वाली कमल की सुगन्धि को सूंघते हुए वे राजा-रानी जा रहे थे।

ग्रामेष्वात्मविसृष्टेषु यूपचिह्नेषु यज्वनाम् ।
अमोघाः प्रतिगृह्णन्तावर्घ्यानुपदमाशिषः ॥४४॥

**सञ्जीविनी**—आत्मविसृष्टेषु स्वदत्तेषु । यूपो नाम संस्कृतः पशुबन्धाय दारुविशेषः । यूपा एव चिह्नानि येषां तेषु ग्रामेष्वमोघाः सफला यज्वनां विधिनेष्टवताम् । 'यज्वा तु विधिनेष्टवान्' इत्यमरः । 'सुयजोङ्वनिप्' इति ङ्वनिप्प्रत्ययः । आशिषः आशीर्वादान् । अर्घः पूजाविधिः । तदर्थं द्रव्यमर्घ्यम् । 'पादार्घाभ्यां च' इति यत्प्रत्ययः । 'षट् तु त्रिष्वर्घ्यमर्घार्थे पाद्यं पादाय वारिणि' इत्यमरः । अर्घ्यस्यानुपदमन्वक् । अर्घ्यस्वीकारानन्तरमित्यर्थः । प्रतिगृह्णन्तौ स्वीकुर्वन्तौ । पदस्य पश्चादनुपदम् । पश्चादर्थेऽव्ययीभावः । 'अन्वगन्वक्षमनुगेऽनुपदं क्लीबमव्ययम्' इत्यमरः ॥४४॥

**अन्वयः**—आत्मविसृष्टेषु, यूपचिह्नेषु, ग्रामेषु, यज्वनाम्, अमोघाः, आशिषः, अर्घ्यानुपदं, प्रतिगृह्णन्तौ, 'तौ जग्मतुः' ।

**वाच्य०**—आत्मविसृष्टेषु, यूपचिह्नेषु, ग्रामेषु, यज्वनाममोघाः, आशिषः अर्घ्यानुपदं प्रतिगृह्णद्भ्यां, 'ताभ्यां जग्मे' ।

**व्याख्या**—आत्मना = स्वेन, दिलीपेनेत्यर्थः 'विसृष्टाः = दत्तास्तेषु आत्मविसृष्टेषु, यूपाः = स्तम्भाः, यज्ञार्थसंस्कृतदारुविशेषः पशुबन्धायेत्यर्थः, एव चिह्नानि = लक्षणानि, येषां ते तेषु यूपचिह्नेषु, 'चिह्नं लक्ष्म च लक्षणम्' इत्यमरः। ग्रामेषु = संवसथेषु, 'समौ संवसथग्रामौ' इत्यमरः। यज्वनां = विधिनेष्टवतां, याज्ञिकानामित्यर्थः, अमोघाः = सफलाः, आशिषः = आशीर्वादान्, पदस्य पश्चादनुपदम्, अर्घ्यस्य = पूजाविधेः, अनुपदं = पश्चात्, अनन्तरमित्यर्थः, प्रतिगृह्णन्तौ = स्वीकुर्वन्तौ, 'तौ जग्मतुः' ।

**समा०**—आत्मना विसृष्टाः आत्मविसृष्टाः तेषु आत्मविसृष्टेषु, यूपा एव चिह्नानि येषाम् ते यूपचिह्नाः, तेषु यूपचिह्नेषु, न मोघाः अमोघाः, पदस्य पश्चादनुपदम्, अर्घार्थं द्रव्यम् अर्घ्यम् अर्घ्यस्य अनुपदम् अर्घ्यानुपदम् ।

**अभि०**—आत्मना विविधेषु यज्ञेषु याज्ञिकविप्रेभ्यो दत्तेषु, यूपचिह्नितेषु ग्रामेषु तत्रस्थविप्राणां सफलाशीर्वादान् पूजाविधेरनन्तरं स्वीकुर्वन्तौ 'तौ दम्पती जग्मतुः'।

**हिन्दी**—राजा दिलीप से ब्राह्मणों को दान में दिये गए और जिनमें यज्ञ के स्तम्भ गड़े हुए थे, ऐसे गांवों में अर्घ्य भेंट करने के पश्चात् याज्ञिक ब्राह्मणों के सफल आशीर्वाद को लेते हुए, सुदक्षिणा दिलीप, चले जा रहे थे ॥४४॥

हैयङ्गवीनमादाय घोषवृद्धानुपस्थितान् ।
नामधेयानि पृच्छन्तौ वन्यानां मार्गशाखिनाम् ॥४५॥

**सञ्जीविनी**—ह्यस्तनगोदोहोद्भवं घृतं हैयंगवीनम् । ह्यः पूर्वेद्युर्भवम् । 'तत्तु हैयंगवीनं यद्धयोगोदोहोद्भवं घृतम्' इत्यमरः । 'हैयंगवीनं संज्ञायाम्' इति निपातः । तत्सद्योघृतमादायोपस्थितान्घोषवृद्धान् । 'घोष आभीरपल्ली स्यात्' इत्यमरः । वन्यानां मार्गशाखिनां नामधेयानि पृच्छन्तौ । 'दुह्याच्—'इत्यादिना पृच्छतेर्द्विकर्मकत्वम् । कुलकम् ॥४५॥

**अन्वयः**—हैयंगवीनम्, आदाय, उपस्थितान्, घोषवृद्धान्, वन्यानां, मार्गशाखिनां, नामधेयानि, पृच्छन्तौ, 'तौ जग्मतुः' ।

**वाच्य०**—हैयंगवीनमादाय, उपस्थितान् घोषवृद्धान्, वन्यानां, मार्गशाखिनां नामधेयानि पृच्छद्भ्यां 'ताभ्यां जग्मे' ।

**व्याख्या**—ह्यो गोदोहस्य विकारः, हैयंगवीनं, हैयंगवीनं = सद्योघृतं, नवनीतमित्यर्थः, आदाय = गृहीत्वा दिलीपाय निवेदयितुमिति भावः । उपस्थितान् = समागतान्, घोषेषु = आभीरपल्लीषु, ये वृद्धाः = स्थविराः, तान् घोषवृद्धान्, वने भवा वन्यास्तेषां वन्यानां = काननोद्भवानां, मार्गस्य = पथः, शाखिनः = वृक्षास्तेषां मार्गशाखिनां, 'वृक्षो महीरुहः शाखी विटपी पादपस्तरुः' इत्यमरः । नामधेयानि = नामानि, पृच्छन्तौ = जिज्ञासमानौ, 'तौ जग्मतुरिति, द्वादशश्लोकानां कुलकं समाप्तम्' ।

**समा०**—ह्यो गोदोहस्य विकारः हैयङ्गवीनम् । घोषेषु वृद्धाः घोषवृद्धाः तान् घोषवृद्धान् । वने भवाः वन्याः तेषाम् वन्यानाम् । मार्गस्य शाखिनः तेषाम् मार्गशाखिनाम् ।

**अभि०**—राज्ञे, उपहारार्थं नवनीतमादाय समुपस्थितान्, आभीरवृद्धान् वनोत्पन्नमार्गवृक्षाणां नामानि पृच्छन्तौ सुदक्षिणादिलीपौ वसिष्ठाश्रमम्प्रति जग्मतुः ।

**हिन्दी**—भेंट देने को गौ का ताजा मक्खन लेकर आये हुए गांव के बूढे अहीरों से जंगली वृक्षों के नाम पूछते हुए, राजा तथा सुदक्षिणा जा रहे थे ॥४५॥

काप्यभिख्या तयोरासीद् व्रजतोः शुद्धवेषयोः ।
हिमनिर्मुक्तयोर्योगे चित्राचन्द्रमसोरिव ॥ ४६ ॥

**सञ्जीविनी**—व्रजतोर्गच्छतोः शुद्धवेषयोरुज्ज्वलनेपथ्ययोस्तयोः सुदक्षिणा-

दिलीपयोः। हिमनिर्मुक्तयोश्चित्राचन्द्रमसोरिव । योगे सति काप्यनिर्वाच्याभिख्या शोभासीत् । 'अभिख्या नामशोभयोः' इत्यमरः । 'आतश्चोपसर्गे' इत्यण्प्रत्ययः। चित्रा नक्षत्रविशेषः। शिशिरापगमे चैत्र्यां चित्रापूर्णचन्द्रमसोरिवेत्यर्थः ।।४६।।

**अन्वयः**—व्रजतोः शुद्धवेषयोः, तयोः, हिमनिर्मुक्तयोः, चित्राचन्द्रमसोः, इव, योगे 'सति' काऽपि, अभिख्या, आसीत् ।

**वाच्य०**—व्रजतोः शुद्धवेषयोस्तयोः, हिमनिर्मुक्तयोः, चित्राचन्द्रमसोरिव, योगे 'सति' कयाऽपि, अभिख्यया, अभूयत ।

**व्याख्या**—व्रजतोः = गच्छतोः, शुद्धः = उज्वलः शुभ्रः, वेषः = नेपथ्यं ययोस्तयोः, शुद्धवेषयोः, सा च स च तौ तयोः = सुदक्षिणादिलीपयोः, हिमेन = तुषारेण 'तुषारस्तुहिनं हिमम्' इत्यमरः । निर्मुक्तौ = त्यक्तौ तयोः हिमनिर्मुक्तयोः, चित्रा = नक्षत्रविशेषः, चन्द्रमाः = चन्द्रमाश्चेति चित्राचन्द्रमसौ तयोः चित्राचन्द्रमसोः, इव = यथा, योगे = संगतौ, 'सति' चैत्र्यां पूर्णिमायां चित्राचन्द्रमसोरिवेत्यर्थः, काऽपि = अनिर्वचनीया अभिख्या = शोभा, आसीत् = अभवत् ।

**समा०**—शुद्धः वेषः ययोः तौ शुद्धवेषौ तयोः शुद्धवेषयोः। सा च स च तौ तयोः तयोः। हिमेन निर्मुक्तौ हिमनिर्मुक्तौ तयोः हिमनिर्मुक्तयोः, चित्रा च चन्द्रमाः च चित्राचन्द्रमसौ तयोः चित्राचन्द्रमसोः ।

**अभि०**—यथा शिशिरावसाने चैत्रस्य पूर्णिमायां चित्रापूर्णचन्द्रयोः, योगे सति, अलौकिकी शोभा भवति, एवं शुभ्रवेषयोः सुदक्षिणादिलीपयोरतीव शोभाऽभूत् ।

**हिन्दी**—मार्ग में जाते समय सुदक्षिणा के साथ उज्वल वस्त्र पहने राजा दिलीप की वैसी ही अपूर्व शोभा हो रही थी जैसी शिशिर ऋतु के पश्चात् चैत्र की पूर्णिमा में चित्रा नक्षत्र के साथ निर्मल चन्द्र की होती है ।।४६।।

तत्तद्भूमिपतिः पत्न्यै दर्शयन्प्रियदर्शनः।
अपि लङ्घितमध्वानं बुबुधे न बुधोपमः ।। ४७ ।।

**सञ्जीविनी**—प्रियं दर्शनं स्वकर्मकं यस्यासौ प्रियदर्शनः। योग्यदर्शनीय इत्यर्थः। भूमिपतिः पत्न्यै तत्तदद्भुतं वस्तु दर्शयंल्लङ्घितमतिवाहितमप्यध्वानं न बुबुधे न ज्ञातवान् । बुधः सौम्य उपमोपमानं यस्येति विग्रहः। इदं विशेषणं तत्तद्दर्शयन्नित्युपयोगितयैवास्य ज्ञातृत्वसूचनार्थम् ।।४७।।

**अन्वयः**—प्रियदर्शनः, बुधोपमः, भूमिपतिः, तत्तत्, पत्न्यै, दर्शयन्, लङ्घितम् अपि, अध्वानं, न, बुबुधे ।

**वाच्य०**—प्रियदर्शनेन बुधोपमन भूमिपतिना तत्तत् पत्न्यै दर्शयता लंघितोऽपि, अध्वा न बुबुधे ।

**व्याख्या**—प्रियं = हृद्यं, मनोहरमित्यर्थः, दर्शनम् = अवलोकनं यस्य स प्रियदर्शनः, बुधः = सौम्यः, चन्द्रपुत्र इत्यर्थः पण्डितश्च, उपमा = उपमानं यस्यासौ बुधोपमः 'उपमोपमानं स्याद्' इत्यमरः । पातीति पतिः, भूमेः = पृथिव्याः पतिः = स्वामीति भूमिपतिः, राजा दिलीप इत्यर्थः,तत्तत् = अद्भुतं दर्शनीयं वस्तु, पत्न्यै = भार्यायै, दर्शयन् = सन्दर्शयन्, लंघितम् = अतिवाहितम्, अतिक्रान्तमित्यर्थः, अपि, अध्वानं = मार्गं, न = नहि बुबुधे = अबोधिष्ट ज्ञातवानित्यर्थः ।

**समा०**—प्रियम् दर्शनम् यस्य सः प्रियदर्शनः । बुध उपमा यस्य सः बुधोपमः । पाति इति पतिः भूमेः पतिः भूमिपतिः ।

**अभि०**—मनोहरवपुर्दिलीपः स्वभार्याय पथि दर्शनीयमद्भुतं वस्तु दर्शयन्, अतिक्रान्तमपि मार्गं कियद्दूरमागतोऽस्मीति न ज्ञातवान् ।

**हिन्दी**—पण्डितों के समान बुद्धिमान्, तथा मनोहर शरीर वाले राजा-दिलीप, अपनी स्त्री को मार्ग के सब दर्शनीय दृश्य दिखाते हुए, 'ऐसे रम गये कि' पीछे छूटे मार्ग को भी न जान सके ॥४७॥

स दुष्प्रापयशाः प्रापदाश्रमं श्रान्तवाहनः ।
सायं संयमिनस्तस्य महर्षेर्महिषीसखः ॥ ४८ ॥

**सञ्जीविनी**—दुष्प्रापयशाः । दुष्प्रापमन्यदुर्लभं यशो यस्य स तथोक्तः । श्रान्तवाहनो दूरोपगमनात्क्लान्तयुग्यः । महिष्याः सखा महिषीसखः । 'राजाहःसखिभ्यष्टच्' इति टच्प्रत्ययः । सहायान्तरनिरपेक्ष इति भावः । स राजा सायं सायंकाले संयमिनो नियमवतस्तस्य महर्षेर्वसिष्ठस्याश्रमं प्रापत्प्राप । पुषादित्वादङ् ॥४८॥

**अन्वयः**—दुष्प्रापयशाः, श्रान्तवाहनः, महिषीसखः, सः, सायं, संयमिनः, तस्य महर्षेः, आश्रमम्, प्रापत् ।

**वाच्य०**—दुष्प्रापयशसा श्रान्तवाहनेन महिषीसखेन तेन सायं संयमिनस्तस्य महर्षेः, आश्रमः प्रापि ।

**व्याख्या**— दुःखेन प्राप्तुं शक्यं दुष्प्रापं, दुष्प्रापम् = अन्यदुर्लभम्, यशः = कीर्तिर्यस्य स दुष्प्रापयशाः, श्रान्तानि = क्लान्तानि, दूरोपगमनादित्यर्थः, वाहनानि = अश्वा इत्यर्थः, यस्यासौ श्रान्तवाहनः, 'सर्वं स्यात् वाहनं, यानं युग्यं पत्रं च' इत्यमरः। महिष्याः = कृताभिषेकायाः सुदक्षिणायाः, सखा = सहायः, इति महिषीसखः अन्यसहायानपेक्ष इत्यर्थः, सः = राजा दिलीपः, सायं = सायंकाले, संयमोऽस्यास्तीति संयमी तस्य संयमिनः = नियमवतः, तस्य = पूर्वोक्तस्य कुलगुरोः, महांश्चासौ ऋषिस्तस्य महर्षेः = वसिष्ठस्य, आश्रमम् = आवासं, प्रापत् = प्राप।

**समा०**—दुःखेन प्राप्तुम् शक्यम् दुष्प्रापम्, दुष्प्रापम् यशः यस्य सः दुष्प्रापयशाः। श्रान्तानि वाहनानि यस्य सः श्रान्तवाहनः। महिष्याः सखा महिषीसखः। संयमः अस्य अस्ति इति संयमी तस्य संयमिनः, महान् च असौ ऋषिः महर्षिः, तस्य महर्षेः।

**अभि०**—अन्यदुर्लभकीर्तिः सपत्नीको दिलीपः सायंकाले नियमवतः कुलगुरोर्वसिष्ठस्याश्रमं प्राप।

**हिन्दी**—अन्य मनुष्यों से दुर्लभ यशवाले और थके हैं घोडे जिसके ऐसे राजा दिलीप अपनी पत्नी के साथ सायंकाल होते २ संयमी महर्षि वसिष्ठजी के आश्रम में पहुँच गए ॥४८॥

वनान्तरादुपावृत्तैः समित्कुशफलाहरैः।
पूर्यमाणमदृश्याग्निप्रत्युद्यातैस्तपस्विभिः ॥ ४९ ॥

**सञ्जीविनी**—वनान्तरादन्यस्माद्वनादुपावृत्तैः प्रत्यावृत्तैः। समिधश्च कुशांश्च फलानि चाहर्तुं शीलं येषामिति समित्कुशफलाहरास्तैः। 'आङि ताच्छील्ये' इति हरतेराङ्पूर्वादच्प्रत्ययः। अदृश्यैर्दर्शनायोग्यैरग्निभिर्वैतानिकैः प्रत्युद्याताः प्रत्युद्गताः तैस्तपस्विभिः पूर्यमाणम्। 'प्रोष्यागच्छतामाहिताग्नीनामग्नयः प्रत्युद्यान्ति' इति श्रुतेः। यथाह—'कामं पितरं प्रोषितवन्तं पुत्राः प्रत्याधावन्ति। एवमेतमग्नयः प्रत्याधावन्ति सशकलान्दारूनिवाहरन्' इति ॥४९॥

**अन्वयः**—वनान्तरात्, उपावृत्तैः, समित्कुशफलाहरैः, अदृश्याग्निप्रत्युद्यातैः, तपस्विभिः, पूर्यमाणम्, 'आश्रमं प्रापत्'।

**वाच्य०**—वनान्तरादुपावृत्तैः समित्कुशफलाहरैः, अदृश्याग्निप्रत्युद्यातैः तपस्विभिः पूर्यमाण आश्रमः प्रापि।

**व्याख्या**—अन्यत् वनमिति वनान्तरं=विपिनान्तरं तस्मात् वनान्तरात्, उपावृत्तैः=प्रत्यागतैः समिधः=काष्ठानि च, कुशाः=दर्भाश्च, फलानि=आम्रादिफलानि चेति समित्कुशफलानि तान्याहर्तुं शीलं येषां ते तैः समित्कुशफलाहरैः, अदृश्याः=दर्शनायोग्याः=असंलक्ष्या इत्यर्थः, च ते, अग्नयः=वह्नयस्तैः प्रत्युद्याताः=प्रत्युद्गतास्तैः अदृश्याग्निप्रत्युद्यातैः, तपः=तपश्चरणमस्ति येषां ते तैस्तपस्विभिः=तापसैः, पूर्यमाणम्=व्याप्तम्, आश्रमं प्रापदित्यर्थः।

**समा०**—अन्यत् वनम् वनान्तरम् तस्मात् वनान्तरात्। समिधश्च कुशाश्च फलानि च समित्कुशफलानि, समित्कुशफलानि आहर्तुम् शीलम् येषाम् ते समित्कुशफलाहराः, तैः समित्कुशफलाहरैः। द्रष्टुम् योग्याः दृश्याः, न दृश्याः अदृश्याः अदृश्याश्च ते अग्नयः अदृश्याग्नयः, अदृश्याग्निभिः प्रत्युद्याताः इति अदृश्याग्निप्रत्युद्याताः, तैः अदृश्याग्निप्रत्युद्यातैः। तपः अस्ति येषाम् ते तपस्विनः तैः तपस्विभिः।

**अभि०**—वनान्तरात् समित्कुशफलान्यादाय परावृत्तैः, अदृश्यवैतानिकाग्निप्रत्युद्गतैस्तापसैर्व्याप्तमाश्रमं प्रापत्।

**हिन्दी**—दूसरे वन से समिधा कुशा तथा फलों को लेकर लौटे हुए, तपस्वियों से वसिष्ठाश्रम भरा हुआ था, और उन आने वाले तपस्वियों की अदृश्य होकर श्रौताग्नि अगवानी कर रहा था ॥४९॥

आकीर्णमृषिपत्नीनामुटजद्वाररोधिभिः।
अपत्यैरिव नीवारभागधेयोचितैर्मृगैः॥ ५० ॥

**सञ्जीविनी**—नीवाराणां भाग एव भाग धेयोंऽशः। 'भागरूपनामभ्यो धेयः' इति वक्तव्यसूत्रात्स्वाभिधेयं धेयप्रत्ययः। तस्योचितैः। अत एवोटजानां पर्णशालानां द्वाररोधिभिर्द्वाररोधकैर्मृगैः ऋषिपत्नीनामपत्यैरिव आकीर्णं व्याप्तम् ॥

**अन्वयः**—नीवारभागधेयोचितैः, उटजद्वाररोधिभिः, मृगैः, ऋषिपत्नीनाम्, अपत्यैः, इव आकीर्णम्, 'आश्रमं प्रापत्'।

**वाच्य०**—नीवारभागधेयोचितैरुटजद्वाररोधिभिः, मृगैः ऋषिपत्नीनामपत्यैरिवाकीर्ण आश्रमः प्रापि।

**व्याख्या**—भाग एवते भागधेयः, नीवाराणां=तृणधान्यानां, 'तृणधान्यानि नीवाराः' इत्यमरः, भागधेयः=अंशः, इति नीवारभागधेयः, तस्य नीवारभागधे-

यस्य, उचिताः = योग्याः, तैः, नीवारभागधेयोचितैः, 'अतएव' उटजानां = पर्णशालानां, द्वाराणि = प्रतीहारान्, 'द्वार्द्वारं प्रतीहार' इत्यमरः । रोद्धुम् शीलं येषां ते तैः, उटजद्वाररोधिभिः, 'पर्णशालोटजोऽस्त्रियाम्' इत्यमरः । मृगैः = हरिणैः, ऋषीणां = मंत्रद्रष्टृणां, पत्न्यः = भार्याः, तासा , ऋषिपत्नीनाम्, अपत्यैः = पुत्रैः, इव = यथा, आकीर्णं = व्याप्तम्, आश्रमं प्रापदिति पूर्वश्लोकेनान्वयः ।

**समा०**—भाग एव भागधेयः, नीवाराणाम् भागधेय इति नीवारभागधेयः, नीवारभागधेयस्य उचिताः नीवारभागधेयोचिताः, तैः नीवारभागधेयोचितैः । उटजानाम् द्वाराणि उटजद्वाराणि, उटजद्वाराणि रोद्धुम् शीलम् येषाम् ते उटजद्वाररोधिनः, तैः उटजद्वाररोधिभिः । ऋषीणाम् पत्न्यः ऋषिपत्न्यः तासाम् ऋषिपत्नीनाम् ।

**अभि०**—ऋषिपत्नीनां बालका यथोटजद्वारं रुद्ध्वा अतिष्ठन्, तथैव तृणधान्यांशाहरणार्थं मृगा उटजद्वारं व्याप्य स्थिता आसन् ।

**हिन्दी**—ऋषिपत्नियों के बालकों के समान तिन्नी के चावल खाने के अभ्यासी, इसी लिये पर्णकुटियों के द्वारों को छेके खड़े हुए मृगों से वह आश्रम परिपूर्ण था ॥५०॥

सेकान्ते मुनिकन्याभिस्तत्क्षणोज्झितवृक्षकम् ।
विश्वासाय विहङ्गानामालवालाम्बुपायिनाम् ॥ ५१ ॥

**सञ्जीविनी**—सेकान्ते वृक्षमूलसेचनावसाने मुनिकन्याभिः । सेक्त्रीभिः । आलवालेषु जलावापप्रदेशेषु यदम्बु तत्पायिनां । 'स्यादालवालमावालमावापः' इत्यमरः । विहङ्गानां पक्षिणां विश्वासाय विश्रम्भाय 'समौ विश्रम्भविश्वासौ' इत्यमरः, तत्क्षणे सेकक्षण उज्झिता वृक्षका ह्रस्ववृक्षा यस्मिंस्तम् । ह्रस्वार्थे कप्रत्ययः ॥५१॥

**अन्वयः**—सेकान्ते, मुनिकन्याभिः, आलवालाम्बुपायिनाम्, विहङ्गानाम्, विश्वासाय, तत्क्षणोज्झितवृक्षकम्, 'आश्रमम्, प्रापत्' ।

**वाच्य०**—आलवालाम्बुपायिनाम्, विहङ्गानाम्, विश्वासाय, मुनिकन्याभिः, सेकान्ते, तत्क्षणोज्झितवृक्षकः आश्रमः, प्रापि ।

**व्याख्या**—सेकस्य = तरुमूलसेचनस्य, अन्तः = अवसानम्, इति सेकान्तः, तस्मिन् सेकान्ते, मुनीनां = ऋषीणां, कन्याः = सुताः, इति मुनिकन्याः, ताभिः,

मुनिकन्याभिः, आलवालेषु = आवालेषु, अम्बु = जलम्, इति, आलवालाम्बु, तत्पातुं = पानं कर्तुं शीलं येषां ते, आलवालाम्बुपायिनः, तेषाम्, आलवालाम्बुपायिनाम्, विहायसा गच्छन्तीति विहङ्गाः = पक्षिणः, तेषाम् विहङ्गानाम्, विश्वासाय = विस्रम्भाय, विश्वासं जनयितुमित्यर्थः, तत्क्षणे = तस्मिन्नेवावसरे, उज्झिता इति तत्क्षणोज्झिताः ह्रस्वा वृक्षा वृक्षकाः, तत्क्षणोज्झिता वृक्षका यस्मिन् सः, तादृशम्, 'आश्रमम्, प्रापत्'।

**समा०**—सेकस्य अन्तः सेकान्तः तस्मिन् सेकान्ते। आलवालेषु यदम्बु तत्पातुं शीलं येषां ते आलवालाम्बुपायिनः, तेषाम् आलवालाम्बुपायिनाम्। स चासौ क्षणश्च तत्क्षणः तत्क्षणे उज्झिता इति तत्क्षणोज्झिताः, ह्रस्वाः वृक्षाः वृक्षकाः, तत्क्षणोज्झिताः वृक्षका यषु सः तत्क्षणोज्झितवृक्षकः तम् तत्क्षणोज्झितवृक्षकम्।

**अभि०**—पक्षिणो निर्भयाः सन्तः पानीयं पिबन्तु, इति मनसि विचार्य यत्र मुनिकुमारिका लघुवृक्षमूलसेचनं कृत्वा तत्क्षणादेवापयान्ति तमेवाश्रमं प्रापत्।

**हिन्दी**—राजा दिलीप, पक्षिगण निर्भय होकर पानी पियें इस दृष्टि से छोटे वृक्षों की जड़ों में पानी देकर मुनिबालिकायें जहाँ तुरत हट जाती हैं, उस आश्रम में पहुँचे ॥५१॥

आतपात्ययसंक्षिप्तनीवारासु निषादिभिः।
मृगैर्वर्तितरोमन्थमुटजाङ्गनभूमिषु ॥ ५२ ॥

**सञ्जीविनी**—आतपस्यात्ययेऽपगमे सति संक्षिप्ता राशीकृता नीवारास्तृणधान्यानि यासु तासु। 'नीवारास्तृणधान्यानि' इत्यमरः। उटजानां पर्णशालानामङ्गनभूमिषु चत्वरभागेषु। 'पर्णशालोटजोऽस्त्रियाम्' इति। 'अङ्गनं चत्वराजिरे' इति चामरः। निषादिभिरुपविष्टैर्मृगैर्वर्तितो निष्पादितो रोमन्थश्चर्वितचर्वणं यस्मिन्नाश्रमे तम् ॥५२॥

**अन्वयः**—आतपात्ययसंक्षिप्तनीवारासु, उटजाङ्गनभूमिषु, निषादिभिः, मृगैः, वर्तितरोमन्थम्, 'आश्रमम्, प्रापत्'।

**वाच्य०**—वर्तितरोमन्थः, आश्रमः, प्रापि।

**व्याख्या**—आ = समन्तात्, तापयति = संतापं जनयति, इति, आतपः, तस्य, अत्ययः = ध्वंसः, इति आतपात्ययः, आतपात्यये, संक्षिप्ताः = राशीकृताः, नीवाराः

=तृणधान्यानि यासु ताः, आतपात्ययसंक्षिप्तनीवाराः, तासु आतपात्ययसंक्षिप्तनीवारासु, अङ्गनस्य अजिरस्य भूमयः=प्रदेशाः, इति, अङ्गनभूमयः, उटजानाम्=पर्णशालानाम् अङ्गनभूमयः, इति उटजाङ्गनभूमयः, तासु उटजाङ्गनभूमिषु, निषीदन्ति=तिष्ठन्ति, तच्छीलाः, निषादिनः, तैः, निषादिभिः मृगैः=हरिणैः, वर्तितः=निष्पादितः, रोमन्थः=चर्वितस्याकृष्य पुनश्चर्वणम्, यस्मिन् तम्, 'आश्रमम्, प्रापत्'।

**समा०**—आ समन्तात् तापयति इति आतपः, तस्य अत्ययः, आतपात्ययः, तस्मिन् संक्षिप्ताः नीवाराः यासु ताः, आतपात्ययसंक्षिप्तनीवाराः, तासु, आतपात्ययसंक्षिप्तनीवारासु। उटजानाम् अङ्गनभूमयः इति, उटजाङ्गनभूमयः, तासु उटजाङ्गनभूमिषु। वर्तितः रोमन्थः यस्मिन् सः वर्तितरोमन्थः तम् वर्तितरोमन्थम्।

**अभि०**—राजा दिलीपः, यत्र सायंकाले पर्णशालानां चत्वरप्रदेशेषु राशीकृतेषु तृणधान्येषु सुखेनोपविष्टा मृगाश्चर्वितचर्वणं कुर्वन्ति, तं मुनेराश्रमं प्रापत्।

**हिन्दी**—राजा दिलीप सायंकाल के समय मुनि वशिष्ठ के आश्रम में पहुँचे जहाँ कि पर्णशालाओं के आंगनों में धूप के चले जाने से इकट्ठे किये नीवार नामक धान्य के ढेरों पर बैठे हुए हरिण रोमन्थ अर्थात् जुगाली कर रहे थे ॥५२॥

अभ्युत्थिताग्निपिशुनैरतिथीनाश्रमोन्मुखान्।
पुनानं पवनोद्धूतैर्धूमैराहुतिगन्धिभिः॥ ५३॥

**सञ्जीविनी**—अभ्युत्थिताः प्रज्वलिताः। होमयोग्या इत्यर्थः। 'समिद्धेऽग्नावाहुतीर्जुहोति' इति वचनात्। तेषामग्नीनां पिशुनैः सूचकैः पवनोद्धूतैः। आहुतिगन्धो येषामस्तीत्याहुतिगन्धिनः तैर्धूमैराश्रमोन्मुखानतिथीन्पुनानं पवित्रीकुर्वाणम्॥ कुलकम्॥५३॥

**अन्वयः**—अभ्युत्थिताग्निपिशुनैः, पवनोद्धूतैः, आहुतिगन्धिभिः, धूमैः, आश्रमोन्मुखान्, अतिथीन्, पुनानम्, 'आश्रमम् प्रापत्'।

**वाच्य०**—पुनानः, आश्रमः, प्रापि।

**व्याख्या**—अभितः उत्थिताः=प्रज्वलिताः, इति, अभ्युत्थिताः, अभ्युत्थिताश्च, ते अग्नयः=वह्नयः, इति, अभ्युत्थिताग्नयः, अभ्युत्थिताग्नीनां पिशुनाः=सूचकाः, इति, अभ्युत्थिताग्निपिशुनाः तैः अभ्युत्थिताग्निपिशुनैः,

पवनेन=वायुना, उद्धूताः=कम्पिताः इति पवनोद्धूताः, तैः पवनोद्धूतैः, आ=समन्तात्, हवनम्=मन्त्रपूर्वकमग्नौ हविष्यक्षेपः, आहुतिः, आहुतेः गन्धः=सुरभिः, एषामस्तीति, आहुतिगन्धिनः, तैः, आहुतिगन्धिभिः, धूमैः, उद्गतं मुखम्=आननं येषां ते, उन्मुखाः, आश्रमस्य=मुन्यावासस्य, उन्मुखाः, इति, आश्रमोन्मुखाः, तान्, आश्रमोन्मुखान्, वसिष्ठावासं प्रति गमनोत्सुकानित्यर्थः, अतिथीन्=अभ्यागतान्, पुनानम्=पवित्रीकुर्वाणम्, 'आश्रमं प्रापत्'।

**समा०**—अभितः उत्थिताः इति अभ्युत्थिताः, अभ्युत्थिताश्च ते अग्नयः इति अभ्युत्थिताग्नयः,तेषां,पिशुना इति अभ्युत्थाग्निपिशुनाः, तैः अभ्युत्थिताग्निपिशुनैः। पवनेन, उद्धूताः इति, पवनोद्धूताः, तैः, पवनोद्धूतैः। आहुतेः गन्धः आहुतिगन्धः, सः एषाम् अस्ति इति आहुतिगन्धिनः, तैः, आहुतिगन्धिभिः। उद्गतं मुखं येषां, ते उन्मुखाः, आश्रमस्य उन्मुखाः इति आश्रमोन्मुखाः, तान् आश्रमोन्मुखान्।

**अभि०**—राजा दिलीपः, मुनिजनविहितहवनस्य गन्धेन मिश्रितैः पवनवशादितस्ततः प्रसरद्भिर्धूमैरभ्यागतजनान्पवित्रीकुर्वाणमाश्रमं प्राप।

**हिन्दी**—राजा दिलीप मुनियों से किये गये हवन की गन्ध से मिश्रित धुएँ से, जो कि हवा से आश्रम के इधर-उधर फैला हुआ था, आने वाले अतिथियों को पवित्र करने वाले मुनि वसिष्ठजी के आश्रम में पहुँचे ॥५३॥

अथ यन्तारमादिश्य धुर्यान्विश्रामयेति सः।
तामवारोहयत्पत्नीं रथादवततार च ॥ ५४ ॥

**सञ्जीविनी**—अथाश्रमप्राप्त्यनन्तरं स राजा यन्तारं सारथिं धुरं वहन्तीति धुर्या युग्याः। 'धुरो यड्ढकौ' इति यत्प्रत्ययः। 'धूर्वहे धुर्यधौरेयधुरीणाः सधुरंधराः' इत्यमरः। धुर्यान्रथाश्वान्विश्रामय विनीतश्रमान्कुर्वित्यादिश्याज्ञाप्य तां पत्नीं रथादवारोहयदवतारितवान्स्वयं चावततार। 'विश्रमय' इति ह्रस्वपाठे 'जनीजृष०' इति मित्त्वे 'मितां ह्रस्व' इति ह्रस्वः। दीर्घपाठे 'मितां ह्रस्वः' इति सूत्रे 'वा चित्तविरागे' इत्यतो 'वा' इत्यनुवर्त्य व्यवस्थितविभाषाश्रयणत्वाद्ध्रस्वाभाव इति वृत्तिकारः॥५४॥

**अन्वयः**—अथ, सः, यन्तारम्, धुर्यान्, विश्रामय, इति, आदिश्य, ताम्, पत्नीम्, रथात्, अवारोहयत्, स्वयम्, च, अवततार।

**वाच्य०**—अथ, तेन, यन्तारम् 'त्वया', धुर्याः, विश्राम्यन्ताम्, इति, आदिश्य, सा, पत्नी, रथात्, अवारोह्यत, स्वयम्, च, अवतेरे।

**व्याख्या**—अथ = आश्रमप्राप्त्यनन्तरम्, सः = दिलीपः, यच्छति इति **यन्ता** = सारथिः, तम्, यन्तारम्, धुरं वहन्तीति धुर्याः = अश्वाः, तान्, धुर्यान्, **विश्रामय** = विनीतश्रमान् कुरु, इति = इत्थम्, आदिश्य = आज्ञाप्य, ताम् = पूर्वोक्ताम्, पत्नीम् = भार्याम्, सुदक्षिणाम् रथात् = स्यन्दनात्, अवारोहयत् = अवतारितवान्, **'स्वयम्'** च अवततार = अवारुरोह।

**समा०**—धुरं वहन्ति, इति धुर्याः, तान् धुर्यान्।

**अभि०**—आश्रमप्राप्त्यनन्तरं राजा, अश्वपरिश्रमदूरीकरणे सारथिमाज्ञाप्य सुदक्षिणासहितो रथादवततार।

**हिन्दी**—आश्रम में पहुँच कर राजा सारथि को घोड़ों की थकान दूर करने का आदेश देते हुए सुदक्षिणा सहित रथ से उतरे ॥५४॥

तस्मै सभ्याः सभार्याय गोप्त्रे गुप्ततमेन्द्रियाः।
अर्हणामर्हते चक्रुर्मुनयो नयचक्षुषे ॥ ५५ ॥

**सञ्जीविनी**—सभायां साधवः सभ्याः। 'सभायां यः' इति यप्रत्ययः। गुप्ततमेन्द्रिया अत्यन्तनियमितेन्द्रिया मुनयः सभार्याय गोप्त्रे रक्षकाय। नयः शास्त्रमेव चक्षुस्तत्त्वावेदकं प्रमाणं यस्य तस्मै नयचक्षुषे। अत एवार्हते प्रशस्ताय। पूज्यायेत्यर्थः। 'अर्हः प्रशंसायाम्' इति शतृप्रत्ययः। तस्मै राज्ञेऽर्हणां पूजां चक्रुः। 'पूजा नमस्यापचितिः सपर्यार्चार्हणाः समाः' इत्यमरः ॥५५॥

**अन्वयः**—**सभ्याः, गुप्ततमेन्द्रियाः, मुनयः, सभार्याय, गोप्त्रे, नयचक्षुषे, अर्हते, तस्मै, अर्हणाम् चक्रुः।**

**वाच्य०**—सभ्यैः, गुप्ततमेन्द्रियैः, मुनिभिः, अर्हणा, चक्रे।

**व्याख्या**—सभासु साधवः सभ्याः = सभासदः, अतिशयेन गुप्तानि गुप्ततमानि = दृढरक्षितानि, गुप्ततमानि इन्द्रियाणि = अक्षाणि, येषां ते गुप्ततमेन्द्रियाः, मुनयः = ऋषयः, भार्यया = पत्न्या सह वर्तमानः सभार्यः, तस्मै सभार्याय, सुदक्षिणासहिताय, गोप्त्रे = रक्षकाय, नयः = नीतिः एव चक्षुः = नेत्रं यस्य स नयचक्षुः तस्मै नयचक्षुषे, अर्हते = पूज्याय, तस्मै = दिलीपाय, अर्हणाम् = पूजाम्, चक्रुः = अकुर्वन्।

**समा०**—सभासु साधवः, सभ्याः। अतिशयेन गुप्तानि गुप्ततमानि, गुप्ततमानि इन्द्रियाणि येषां ते गुप्ततमेन्द्रियाः। भार्यया सहितः सभार्यः, तस्मै सभार्याय। नयः एव चक्षुः, यस्य स नयचक्षुः, तस्मै नयचक्षुषे।

**अभि०**—वसिष्ठादेशेनाश्रमस्था मुनयो नीतिविदं, पूजार्हं रक्षकं च सुदक्षिणासहितं दिलीपमपूजयन्।

**हिन्दी**—वसिष्ठजी की आज्ञा से आश्रम में स्थित जितेन्द्रिय मुनियों ने नीतिशास्त्रज्ञ, पूजा के योग्य एवं रक्षक सुदक्षिणा सहित राजा दिलीप की पूजा की ॥५५॥

विधेः सायन्तनस्यान्ते स ददर्श तपोनिधिम्।
अन्वासितमरुन्धत्या स्वाहयेव हविर्भुजम् ॥५६॥

**सञ्जीविनी**—स राजा सायंतनस्य सायंभवस्य। 'सायंचिरम्०' इत्यादिना टयुल्प्रत्ययः। विधेर्जपहोमाद्यनुष्ठानस्यान्तेऽवसानेऽरुन्धत्यान्वासितं पश्चादुपवेशनेनोपसेवितम्। कर्मणि क्तः। उपसर्गवशात्सकर्मकत्वम्। 'अन्वास्यैनाम्' इत्यादिवदुपपद्यते। तपोनिधिं वसिष्ठम्। स्वाहया स्वाहादेव्या। 'अथाग्नायी स्वाहा च हुतभुक्प्रिया' इत्यमरः। अन्वासितं हविर्भुजमिव। ददर्श। 'समित्पुष्पकुशाग्न्यम्बुमृदन्नाक्षतपाणिकः। जपं होमं च कुर्वाणो नाभिवाद्यो द्विजो भवेत्॥' इत्यनुष्ठानस्य मध्येऽभिवादननिषेधाद्विधेरन्ते ददर्शेत्युक्तम्। अन्वासनं चात्र पतिव्रताधर्मत्वेनोक्तं न कर्माङ्गत्वेन। विधेरन्त इति कर्मणः समाप्त्यभिधानात्॥

**अन्वयः**—सः, सायन्तनस्य, विधेः, अन्ते, अरुन्धत्या, अन्वासितम्, तपोनिधिम्, स्वाहया, अन्वासितम्, हविर्भुजम्, इव, ददर्श।

**वाच्य०**—तेन, अरुन्धत्या अन्वासितः, तपोनिधिः, स्वाहया अन्वासितः हविर्भुक्, इव, ददृशे।

**व्याख्या**—सः—दिलीपः, सायं भवः सायन्तनः=सायंकालिकः, तस्य, सायन्तनस्य, विधेः=अनुष्ठानस्य, अन्ते=अवसाने, अरुन्धत्या=तन्नाम्न्या स्वपत्न्या, अन्वासितम्=उपासितम्, तपसाम्=तपश्चर्याणाम्, निधिः=आकरः, इति, तपोनिधिः, तम्, तपोनिधिम्, स्वाहया=स्वाहादेव्या 'अन्वासितम्' हविः=हवनीयं द्रव्यं भुनक्ति=खादति, इति हविर्भुक्, तं हविर्भुजम्, इव=यथा, ददर्श=अपश्यत्।

**समा०**—सायं भवः सायंतनः तस्य सायन्तनस्य। तपसां निधिः तपोनिधिः तम् तपोनिधिम्। हविः भुनक्ति इति हविर्भुक्, तम् हविर्भुजम्।

**अभि०**—दिलीपः सायंकालिकविधेरनन्तरं स्वाहादेव्या समुपासितं वह्निमिव स्थितं स्वधर्मपत्न्योपसेवितं वसिष्ठं ददर्श।

**हिन्दी**—राजा दिलीप ने सायंकालिक संध्यावन्दनादि के अनन्तर अपनी पत्नी अरुन्धती से सेवित वसिष्ठजी को बैठे हुए इस प्रकार देखा मानो अपनी पत्नी स्वाहा देवी से सेवित साक्षात् अग्निदेव हों ॥५६॥

तयोर्जगृहतुः पादान् राजा राज्ञी च मागधी।
तौ गुरुर्गुरुपत्नी च प्रीत्या प्रतिननन्दतुः ॥ ५७ ॥

**सञ्जीविनी**—मागधी मगधराजपुत्री राज्ञी सुदक्षिणा राजा च तयोररुन्धतीवसिष्ठयोः पादाञ्जगृहतुः। 'पादः पदङ्घ्रिश्चरणोऽस्त्रियाम्' इत्यमरः। पादग्रहणमभिवादनम्। गुरुपत्नी गुरुश्च कर्तारौ। सा च स च तौ सुदक्षिणादिलीपौ कर्मभूतौ। प्रीत्या हर्षेण प्रतिननन्दतुः। आशीर्वादादिभिः संभावयांचक्रतुरित्यर्थः ॥५७॥

**अन्वयः**—**मागधी, राज्ञी, राजा, च, तयोः, पादान्, जगृहतुः, गुरुपत्नी, गुरुः, च, तौ, प्रीत्या, प्रतिननन्दतुः।**

**वाच्य०**—मागध्या, राज्ञ्या, राज्ञा, च, तयोः, पादाः, जगृहिरे, गुरुणा, गुरुपत्न्या, च प्रीत्या, तौ, प्रतिनन्दाते।

**व्याख्या**—मगधानाम् = देशविशेषाणाम्, राजा = नृपः, मागधः, मागधस्यापत्यं स्त्री मागधी, राज्ञी = महिषी सुदक्षिणा, राजा = नृपः, दिलीपश्च, सा = अरुन्धती, सः = वसिष्ठः, च, तौ, तयोः, पादान् = चरणान्, जगृहतुः = पस्पृशतुः, गुरोः = वसिष्ठस्य, पत्नी = भार्या, गुरुपत्नी अरुन्धती इत्यर्थः, गुरुः = वसिष्ठः, च, प्रीत्या = प्रेम्णा, सा = सुदक्षिणा च, सः = दिलीपश्च, तौ कर्मभूतौ, प्रतिननन्दतुः = आशीर्वचनादिभिः सम्भावयाञ्चक्रतुः।

**समा०**—मगधानां राजा मागधः, मागधस्यापत्यं स्त्री मागधी। गुरोः, पत्नी गुरुपत्नी।

**अभि०**—सुदक्षिणा दिलीपश्च गुरुं वसिष्ठं गुरुपत्नीमरुन्धतीं च नमश्चक्रतुः। ततः सपत्नीको गुरुरपि ताभ्यामाशिषं ददौ।

**हिन्दी**--सुदक्षिणा और दिलीप ने गुरु वसिष्ठ और गुरुपत्नी को नमस्कार किया। तब उन्होंने भी उन दोनों राजा-रानी को प्रेम-पूर्वक आशीर्वाद दिया॥५७॥

तमातिथ्यक्रियाशान्तरथक्षोभपरिश्रमम् ।
पप्रच्छ कुशलं राज्ये राज्याश्रममुनिं मुनिः ॥ ५८ ॥

**सञ्जीविनी**--मुनिः। अतिथ्यर्थमातिथ्यम्। 'अतिथेर्ञ्यः' इति ञ्यप्रत्ययः। आतिथ्यस्य क्रिया तया शान्तो रथक्षोभेण यः परिश्रमः स यस्य स तं तथोक्तम्। राज्यमेवाश्रमस्तत्र मुनितुल्यमित्यर्थः। तं दिली राज्ये कुशलं पप्रच्छ। पृच्छतेस्तु द्विकर्मकत्वमित्युक्तम्। यद्यपि राज्यशब्दः पुरोहितादिष्वन्तर्गत्वाद्राजकर्मवचनः, तथाप्यत्र सप्ताङ्गवचनः। 'उपपन्नं ननु शिवं सप्तस्वङ्गेषु' इत्युत्तरविरोधात्, तथाह मनुः---'स्वाम्यमात्यपुरं राष्ट्रं कोशदण्डौ तथा सुहृत्। सप्तैतानि समस्तानि लोकेऽस्मिन्राज्यमुच्यते'॥ इति। तत्र 'ब्राह्मणं कुशलं पृच्छेत्क्षत्रबन्धुमनामयम्। वैश्यं क्षेमं समागम्य शूद्रमारोग्यमेव च॥' इति मनुवचने सत्यपि तस्य राज्ञो महानुभावत्वाद् ब्राह्मणोचितः कुशलप्रश्न एव कृत इत्यनुसंधेयम्। अत एवोक्तम्---राज्याश्रममुनिमिति ॥५८॥

**अन्वयः**---**मुनिः, आतिथ्यक्रियाशान्तरथक्षोभपरिश्रमम्, राज्याश्रममुनिम्, तम्, राज्ये, कुशलम्, पप्रच्छ।**

**वाच्य०**---मुनिना, आतिथ्यक्रियाशान्तरथक्षोभपरिश्रमः, राज्याश्रममुनिः, स पप्रच्छे।

**व्याख्या**---मन्ता = वेदशास्त्रार्थतत्त्वागन्ता, मुनिः, अभ्यागतः इत्यर्थः, न विद्यमाना तिथिर्यस्यागमने सः अतिथिः, अतिथये इदम् आतिथ्यम्, आतिथ्यस्य = अभ्यागतसत्कारस्य, क्रिया = कर्म इति आतिथ्यक्रिया, आतिथ्यक्रियया शान्तः = गतः इति आतिथ्यक्रियाशान्तः, रथस्य = स्यन्दनस्य, क्षोभः = संचलनम्, इति रथक्षोभः, रथक्षोभेण परिश्रमः = खेदः इति रथक्षोभपरिश्रमः, आतिथ्यक्रियाशान्तः रथक्षोभपरिश्रमः यस्य सः, आतिथ्यक्रियाशान्तरथक्षोभपरिश्रमः, तं तथोक्तम्, राज्ञः = नृपस्य भावः कर्म वा राज्यम् = राष्ट्रम्, राज्यमेवाश्रमः = मुन्यावासः, इति राज्याश्रमः, राज्याश्रमे मुनिः, इति राज्याश्रममुनिः, तम् राज्याश्रममुनिम्, तम् = राजानम् दिलीपम्, राज्ये = राष्ट्रमण्डले, कुशलम् = क्षेमम्, पप्रच्छ = अपृच्छत्।

समा०—अविद्यमाना तिथिः यस्य आगमने स अतिथिः, अतिथये इदम् आतिथ्यम्,आतिथ्यस्य क्रिया आतिथ्यक्रिया, तया शान्तः इति आतिथ्यक्रियाशान्तः, रथस्य क्षोभः इति रथक्षोभः, रक्षक्षोभेण परिश्रमः रथक्षोभपरिश्रमः, आतिथ्यक्रियाशान्तः रथक्षोभपरिश्रमः यस्य सः आतिथ्यक्रियाशान्तरथक्षोभपरिश्रमः। राज्ञः भावः कर्म वा राज्यम्, राज्यम् एव आश्रम इति राज्याश्रमः, राज्याश्रमे मुनिः इति, राज्याश्रममुनिः, तम् राज्याश्रममुनिम् ।

अभि०—वसिष्ठो दिलीपस्य रथसंचलनखेदमातिथ्यक्रियया दूरीकृत्य तं राज्ये कुशलं पृष्टवान् ।

हिन्दी—वसिष्ठजी ने दिलीप के रथ के हिलने-डुलने से उत्पन्न खेद को आतिथ्य-सत्कार से दूर किया और राज्य-सम्बन्धी कुशल पूछा ॥५८॥

अथाथर्वनिधेस्तस्य विजितारिपुरः पुरः ।
अर्थ्यामर्थपतिर्वाचमाददे वदतां वरः ॥ ५९ ॥

सञ्जीविनी—अथ प्रश्नानन्तरं विजितारिपुरो विजितशत्रुनगरो वदतां वक्तॄणां वरः श्रेष्ठः 'यतश्च निर्धारणम्' इति षष्ठी । अर्थपती राजाथर्ववेदस्य मुनेः पुरोऽग्रेऽर्थ्यामर्थादनपेताम् । 'धर्मपथ्यर्थन्यायादनपेते' इति यत्प्रत्ययः । वाचमाददे । वक्तुमुपक्रान्तवानित्यर्थः। अथर्वनिधेरित्यनेन पुरोहितकृत्याभिज्ञत्वात्तत्कर्मनिर्वाहकत्वं मुनेरस्तीति सूच्यते । यथाह कामन्दकः—'त्रय्यां च दण्डनीत्यां च कुशलः स्यात्पुरोहितः । अथर्वविहितं कुर्यान्नित्यं शान्तिकपौष्टिकम् ॥' इति ॥

अन्वयः—अथ, विजितारिपुरः, वदताम् वरः, अर्थपतिः, अथर्वनिधेः, तस्य, पुरः, अर्थ्याम्, वाचम्, आददे ।

वाच्य०—विजितारिपुरेण, वदताम् वरेण, अर्थपतिना, अर्थ्या वाक्, आददे ।

व्याख्या—अथ=कुशलप्रश्नानन्तरम्, अरीणाम्=शत्रूणाम्, पुराणि=नगराणि इति अरिपुराणि, विजितानि=स्वायत्तीकृतानि अरिपुराणि येन सः विजितारिपुरः, वदताम्=वक्तॄणाम्, वरः=श्रेष्ठः अर्थस्य=विभवस्य, पतिः=स्वामी अर्थपतिः, अथर्वणः=अथर्ववेदस्य, निधिः=आकरः, इति अथर्वनिधिः तस्य अथर्वनिधेः, तस्य=वसिष्ठस्य, पुरः=अग्रे, अर्थादनपेता अर्थ्या=अर्थोपेता, ताम्, अर्थ्याम्, वाचम्=वाणीम्, आददे=जगृहे ।

**समा०**—अरीणाम् पुराणि इति अरिपुराणि, विजितानि अरिपुराणि येन सः, विजितारिपुरः। अर्थस्य पतिः अर्थपतिः। अथर्वणः निधिः अथर्वनिधिः तस्य, अथर्वनिधेः। अर्थादनपेता अर्थ्या, ताम् अर्थ्याम्।

**अभि०**—वसिष्ठकुशलप्रश्नानन्तरं चक्रवर्ती वाक्पटू राजा दिलीपः वसिष्ठं साभिप्रायमुवाच।

**हिन्दी**—वसिष्ठ जी के कुशल पूछने पर वाक्पटु चक्रवर्ती राजा दिलीप साभिप्राय वचन बोले ॥५९॥

उपपन्नं ननु शिवं सप्तस्वङ्गेषु यस्य मे।
दैवीनां मानुषीणां च प्रतिहर्ता त्वमापदाम् ॥ ६० ॥

**सञ्जीविनी**—हे गुरो! सप्तस्वङ्गेषु स्वाम्यमात्यादिषु। 'स्वाम्यमात्यसुहृत्कोशराष्ट्रदुर्गबलानि च। सप्ताङ्गानि' इत्यमरः। शिवं कुशलमुपपन्नं ननु युक्तमेव। नन्ववधारणे। 'प्रश्नावधारणानुज्ञानुनयामन्त्रणे ननु' इत्यमरः। कथमित्यत्राह—यस्य मे दैवीनां देवेभ्य आगतानां दुर्भिक्षादीनाम्। मानुषीणां मनुष्येभ्य आगतानां चोरभयादीनाम्। उभयत्रापि 'तत आगतः' इत्यण्। 'टिड्ढाणञ्०' इत्यदिना ङीप्। आपदां व्यसनानां त्वं प्रतिहर्ता वारयितासि। अत्राह कामन्दकः—'हुताशनो जलं व्याधिर्दुर्भिक्षं मरणं तथा। इति पञ्चविधं दैवं मानुषं व्यसनं ततः॥ आयुक्तकेभ्यश्चौरेभ्यः परेभ्यो राजवल्लभात्। पृथिवीपतिलोभाच्च नराणां पञ्चधा मतम्॥' इति ॥६०॥

**अन्वयः**—सप्तसु, अङ्गेषु, मे, शिवम्, उपपन्नम्, ननु, यस्य, मे, दैवीनाम् मानुषीणाञ्च, आपदाम्, त्वम्, प्रतिहर्ता, असि।

**वाच्य०**—त्वया, प्रतिहर्त्रा, भूयते।

**व्याख्या**—सप्तसु=सप्तसंख्यकेषु अङ्गेषु=स्वाम्यमात्यसुहृत्कोशराष्ट्रदुर्गबलरूपेषु राज्याङ्गेषु, मे=मम, शिवम्=कल्याणम्, उपपन्नम्=युक्तम्, ननु=निश्चितम्, यस्य=मे, मम दिलीपस्येत्यर्थः, देवेभ्यः=सुरेभ्यः, आगताः प्राप्ताः दैव्यः, तासां दैवीनाम्, दुर्भिक्षादीनाम्, मनुष्येभ्यः=मानवेभ्यः आगताः मानुष्यः तासाम्, मानुषीणाम्=चौर्यादीनाम्, आपदाम्=आपत्तीनाम्, प्रतिहरति इति प्रतिहर्ता=निवारकः, त्वम्=वसिष्ठः, 'असि'।

समा०—देवेभ्यः आगताः दैव्यः, तासाम्, दैवीनाम् । मनुष्येभ्यः आगताः, मानुष्यः, तासाम् मानुषीणाम् । प्रतिहरति इति प्रतिहर्ता ।

अभि०—स्वाम्यमात्यसुहृत्कोशराष्ट्रदुर्गबलरूपेषु राज्याङ्गेषु मे कुशलमेव, यतः मे दैवीनां मानुषीणां च विपत्तीनां त्वं निवारको विद्यसे ।

हिन्दी—मेरे, स्वामी अमात्य सुहृत् कोश राष्ट्र, दुर्ग तथा बल रूप राज्य के सातों अङ्गों में कुशल ही है, क्योंकि मेरी दैवी तथा मानुषी दोनों प्रकार की विपत्तियों के दूर करनेवाले आप स्वयं विद्यमान हैं ।

तव मन्त्रकृतो मन्त्रैर्दूरात्प्रशमितारिभिः ।
प्रत्यादिश्यन्त इव मे दृष्टलक्ष्यभिदः शराः ॥ ६१ ॥

सञ्जीविनी—दूरात्परोक्ष एव प्रशमितारिभिः । मन्त्रान्कृतवान्मन्त्रकृत् । 'सुकर्मपापमन्त्रपुण्येषु कृञः' इति क्विप् । तस्य मन्त्रकृतो मन्त्राणां स्रष्टुः प्रयोक्तुर्वा तव मन्त्रैः कर्तृभिः दृष्टं प्रत्यक्षं यल्लक्ष्यं तन्मात्रं भिन्दन्तीति दृष्टलक्ष्यभिदो मे शराः प्रत्यादिश्यन्त इव । वयमेव समर्थाः किमेभिः पिष्टपेषकैरिति निराक्रियन्त इवेत्युत्प्रेक्षा । 'प्रत्यादेशो निराकृतिः' इत्यमरः । त्वन्मन्त्रसामर्थ्यादेव नः पौरुषं फलतीति भावः ।

अन्वयः—दूरात्, प्रशमितारिभिः, मन्त्रकृतः, तव, मन्त्रैः, दृष्टलक्ष्यभिदः, मे, शराः, प्रत्यादिश्यन्ते, इव ।

वाच्य०—प्रशमितारयः, मन्त्राः, शरान्, प्रत्यादिशन्ति ।

व्याख्या—दूरात् = विप्रकृष्टदेशात् परोक्ष इत्यर्थः, प्रकर्षेण शमिताः = शान्ताः इति प्रशमिताः, प्रशमिताः अरयः = शत्रवः, इति प्रशमितारयः तैः तथोक्तैः, मन्त्रान् = जप्यान्, कृतवान् = सृष्टवान्, प्रयुक्तवान्, वा मन्त्रकृत् तस्य मन्त्रकृतः, तव = वसिष्ठस्य, मन्त्रैः = जप्यैः, दृष्टम् = अवलोकितम्, च तत् लक्ष्यम् = शरव्यम् इति दृष्टलक्ष्यम्, दृष्टलक्ष्यं भिन्दति = विदारयन्ति, इति दृष्टलक्ष्यभिदः, मे = मम दिलीपस्य, शराः = बाणाः, प्रत्यादिश्यन्ते = निराक्रियन्ते, इव = यथेत्युत्प्रेक्षा ।

समा०—प्रकर्षेण शमिताः इति प्रशमिताः, प्रशमिताः अरयः यैः ते शमितारयः, तैः प्रशमितारिभिः । मन्त्रान्, कृतवान्, इति मन्त्रकृत्, तस्य मन्त्रकृतः । दृष्टम् च तत् लक्ष्यम् इति दृष्टलक्ष्यम्, दृष्टलक्ष्यं भिन्दन्ति इति दृष्टलक्ष्यभिदः ।

अभि०--हे गुरो, भवान् स्वमन्त्रप्रयोगैः परोक्ष एव मम शत्रून्विनाशयति। मम बाणास्तु तेषु पिष्टपेषणन्यायेन व्यर्था इव भवन्ति। यतस्ते प्रत्यक्षमेव शत्रून्विनाशयन्ति।

हिन्दी--हे गुरो, आप अपने मन्त्रों के सामर्थ्य से पहले ही परोक्ष में मेरे शत्रुओं का विनाश कर देते हैं, अतः मेरे बाण तो प्रत्यक्ष में ही शत्रुओं का विनाश करने के कारण व्यर्थ से प्रतीत होते हैं ॥६१॥

हविरावर्जितं होतस्त्वया विधिवदग्निषु।
वृष्टिर्भवति सस्यानामवग्रहविशोषिणाम् ॥ ६२ ॥

सञ्जीविनी--हे होतः! त्वया विधिवदग्निष्वावर्जितं प्रक्षिप्तं हविराज्यादिकं कर्तृ। अवग्रहो वर्षप्रतिबन्धः। 'अवे ग्रहो वर्षप्रतिबन्धे' इत्यप्प्रत्ययः। 'वृष्टिर्वर्षं तद्विघातेऽवग्राहावग्रहौ समौ' इत्यमरः। तेन विशोषिणां विशुष्यतां सस्यानां वृष्टिर्भवति। वृष्टिरूपेण सस्यान्युपजीवयतीति भावः। अत्र मनुः 'अग्नौ दत्ताहुतिः सम्यगादित्यमुपतिष्ठते। आदित्याज्जायते वृष्टिर्वृष्टेरन्नं ततः प्रजाः॥' इति ॥६२॥

अन्वयः—हे, होतः, त्वया, विधिवत्, अग्निषु, आवर्जितम्, हविः, अवग्रहविशोषिणाम, सस्यानाम्, वृष्टिः, भवति।

वाच्य०--आवर्जितेन, हविषा, वृष्टया, भूयते।

व्याख्या—हे होतः = अग्निहोत्रिन्, त्वया = वसिष्ठेन, विधिवत् = यथाशास्त्रम्, अग्निषु = वह्निषु, आवर्जितम् = तर्पितम्, हविः = हवनीयं द्रव्यम्, अवग्रहणम् = वृष्टिविघातः, एव अवग्रहः, अवग्रहेण विशोषिणः इति अवग्रहविशोषिणः, तेषाम् अवग्रहविशोषिणाम्, सस्यानाम् = धान्यानाम्, वृष्टिः = वर्षणम् भवति = जायते।

समा०—अवग्रहेण विशोषिणः इति अवग्रहविशोषिणः, तेषाम् अवग्रहविशोषिणाम्।

अभि०—हे हवनकर्तः, यत्त्वमग्नौ विधिवज्जुहोषि तदेव वृष्टिप्रतिबन्धविनाशकं सस्यानां कृते वृष्टिरूपं जायते।

हिन्दी—हे हवन करने वाले, गुरो! आप जो विधिपूर्वक अग्नि में आहुति डालते हैं वह ही धानों के लिये अकाल को दूर करनेवाली वृष्टिरूप हो जाती है॥

पुरुषायुषजीविन्यो निरातङ्का निरीतयः।
यन्मदीयाः प्रजास्तस्य हेतुस्त्वद्ब्रह्मवर्चसम् ॥ ६३ ॥

**सञ्जीविनी**—आयुर्जीवितकालः। पुरुषस्यायुः पुरुषायुषम्। वर्षशतमित्यर्थः। 'शतायुर्वै पुरुषः' इति श्रुतेः। 'अचतुरविचतुरसुचतुर०' इत्यादिसूत्रेणाच्प्रत्ययान्तो निपातः। मदीयाः प्रजाः पुरुषायुषं जीवन्तीति पुरुषायुषजीविन्यः। निरातङ्का निर्भयाः। 'आतङ्को भयमाशङ्का' इति हलायुधः। निरीतयोऽतिवृष्ट्यादिरहिता इति यत्तस्य सर्वस्य त्वद्ब्रह्मवर्चसं तव व्रताध्ययनसंपत्तिरेव हेतुः। 'व्रताध्ययनसंपत्तिरित्येतद्ब्रह्मवर्चसम्' इति हलायुधः। ब्रह्मणो वर्चो ब्रह्मवर्चसम्। 'ब्रह्महस्तिभ्यां वर्चसः' इत्यच्प्रत्ययः। 'अतिवृष्टिरनावृष्टिर्मूषिकाः शलभाः शुकाः। अत्यासन्नाश्च राजानः षडेता ईतयः स्मृताः ॥' इति कामन्दकः ॥६३॥

**अन्वयः**—मदीयाः, प्रजाः, पुरुषायुषजीविन्यः, निरातङ्काः, निरीतयः, यत् 'सन्ति' तस्य, त्वद्ब्रह्मवर्चसम्, 'एव', हेतुः।

**वाच्य०**—मदीयाभिः, प्रजाभिः पुरुषायुषजीविनीभिः निरातङ्काभिः निरीतिभिः, 'यत् भूयते' तस्य, त्वद्ब्रह्मवर्चसेन, एव हेतुना, 'भूयते'।

**व्याख्या**—मम = दिलीपस्य, इमाः = संबन्धिन्यः, इति, मदीयाः, प्रकर्षेण जायन्ते = भवन्ति, इति, प्रजाः = जनाः, पुरुषस्य = मनुष्यस्य, आयुः = वयः, इति पुरुषायुषम् पुरुषायुषं जीवितुं = प्राणान् धारयितुं शीलं यासां ताः, पुरुषायुषजीविन्यः, निर्गतः = निर्यातः, आतङ्कः = भयं याभ्यः, ताः, निर्गताः = निष्क्रान्ताः ईतिभ्यः = अतिवृष्ट्यादिषडुपद्रवेभ्यः, इति निरीतयः, 'यत् सन्ति', तस्य = सर्वस्य, ब्रह्मणः = व्रताध्ययनादेः, वर्चः = संपत्तिः, ब्रह्मवर्चसम्, तव = वशिष्ठस्य ब्रह्मवर्चसम् त्वद्ब्रह्मवर्चसम्, हेतुः = कारणम्, 'अस्ति'।

**समा०**—मम इमाः मदीयाः। प्रकर्षेण जायन्ते इति प्रजाः। पुरुषस्य आयुः इति पुरुषायुषम्। पुरुषायुषं जीवितुं शीलं यासां ताः पुरुषायुषजीविन्यः। निर्गतः आतङ्कः याभ्यः ताः निरातङ्काः। निर्गताः ईतिभ्यः इति निरीतयः। ब्रह्मणः वर्चः इति ब्रह्मवर्चसम्, तव ब्रह्मवर्चसम् इति त्वद्ब्रह्मवर्चसम्।

**अभि०**—हे गुरो! यत् मदीयाः प्रजाः शतवर्षजीविन्यः, निर्भयाः अतिवृष्ट्याद्युपद्रव शून्याश्च सन्ति तत्र तवैव ब्रताध्ययनसंपत्तिर्हेतुर्नान्यः।

**हिन्दी**—हे गुरो ! मेरा प्रजावर्ग जो सौ वरस तक जीनेवाला, निर्भय एवं अतिवृष्टि आदि उपद्रवों से रहित है, उसमें आपका व्रत, वेदपाठ आदि ही कारण है ॥६३॥

त्वयैवं चिन्त्यमानस्य गुरुणा ब्रह्मयोनिना ।
सानुबन्धाः कथं न स्युः संपदो मे निरापदः ॥ ६४ ॥

**सञ्जीविनी**—ब्रह्मा योनिः कारणं यस्य तेन ब्रह्मपुत्रेण गुरुणा त्वयैवमुक्तप्रकारेण चिन्त्यमानस्यानुध्यायमानस्य । अतएव निरापदो व्यसनहीनस्य मे सम्पदः सानुबन्धाः सानुस्यूतयः । अविच्छिन्ना इति यावत् । कथं न स्युः । स्युरेवेत्यर्थः ॥

**अन्वयः**—ब्रह्मयोनिना, गुरुणा, त्वया, एवम्, चिन्त्यमानस्य, 'अत एव' निरापदः, मे, सम्पदः, सानुबन्धाः, कथम्, न, स्युः ।

**वाच्य०**—सम्पद्भिः, सानुबन्धाभिः कथम् न भूयेत ।

**व्याख्या**—ब्रह्मा = विधाता, योनिः = कारणम्, यस्य स ब्रह्मयोनिः, तेन ब्रह्मयोनिना, गुरुणा = आचार्येण, त्वया = वशिष्ठेन, एवम् = इत्थम्, चिन्यते = विचार्यते, इति चिन्त्यमानः, तस्य चिन्त्यमानस्य 'अत एव' निष्क्रान्तः = निर्गतः, आपद्भ्यः = विपत्तिभ्यः, इति निरापद् तस्य निरापदः, मे = मम, दिलीपस्य, सम्पदः = सम्पत्तयः, अनुबन्धैः = प्रकृतानुवर्तनैः, सह वर्तमानाः सानुबन्धाः, अविच्छिन्ना इत्यर्थः, कथम् = केन प्रकारेण, न = नैव, स्युः = भवेयुः, अपितु स्युरेव ।

**समा०**—ब्रह्मा योनिः यस्य सः ब्रह्मयोनिः, तेन, ब्रह्मयोनिना । चिन्त्यते इति चिन्त्यमानः तस्य चिन्त्यमानस्य । निर्गतः आपद्भ्यः इति निरापद् तस्य, निरापदः । अनुबन्धैः सह वर्तमानाः सानुबन्धाः ।

**अभि०**—हे गुरो ! ब्रह्मपुत्र ! यदा भवान् मामेवं स्मरति तदा मे संपत्तयोऽविच्छिन्नाः कथं न स्युः ?

**हिन्दी**—हे ब्रह्मपुत्र, जब कि इस प्रकार आप मेरा स्मरण करते हैं तो मेरी सम्पत्तियाँ सर्वदा स्थिर क्यों न रहेंगी ॥६४॥

किंतु वध्वां तवैतस्यामदृष्टसदृशप्रजम् ।
न मामवति सद्वीपा रत्नसूरपि मेदिनी ॥ ६५ ॥

**सञ्जीविनी**—किंतु तवैतस्यां वध्वां स्नुषायाम् । 'वधूर्जाया स्नुषा चैव' इत्यमरः । अदृष्टा सदृश्यनुरूपा प्रजा येन तं मां सद्वीपापि । रत्नानि सूयत इति

रत्नसूरपि । 'सत्सूद्विष०' इत्यादिना क्विप् । मेदिनी नावति न प्रीणाति । अव-धातू रक्षणगतिप्रीत्याद्यर्थेषूपदेशादत्र प्रीणने । रत्नसूरपीत्यनेन सर्वरत्नेभ्यः पुत्र-रत्नमेव श्लाघ्यमिति सूचितम् ॥६५॥

**अन्वयः**—किंतु, तव, एतस्याम्, वध्वाम्, अदृष्टसदृशप्रजम्, माम्, सद्वीपा, रत्नसूः, अपि, मेदनी, न, अवति ।

**वाच्य०**—अदृष्टसदृशप्रजः अहम् सद्वीपया रत्नसुवा अपि मेदिन्या, अव्ये ।

**व्याख्या**—किन्तु = तथात्वेऽपि, तव = वसिष्ठस्य, एतस्याम् = अमुष्याम्, वध्वाम् = स्नुषायाम्, प्रकर्षेण जायत इति प्रजा = संततिः, न दृष्टा = आलोकिता, इति अदृष्टा, अदृष्टा सदृशी = तुल्या, प्रजा येन स अदृष्टसदृशप्रजः, तम् अदृष्टसदृश-प्रजम्, माम् = दिलीपम्, द्वीपैः = भूखण्डविशेषैः सह वर्तमाना सद्वीपा, रत्नानि = हीरकादीनि, सूयते = उत्पादयति, इति रत्नसूः, अपि, मेदिनी = पृथ्वी, न = नैव, अवति = प्रीणाति ।

**समा०**—न दृष्टा अदृष्टा, अदृष्टा सदृशी प्रजा येन सः अदृष्टसदृशप्रजः, तम् अदृष्टसदृशप्रजम् । द्वीपैः सह, वर्तमाना सद्वीपा । रत्नानि सूयते, या सा रत्नसूः ।

**अभि०**—हे गुरो ! भवत्कृपयाऽविच्छिन्नसंपत्तिमत्त्वेऽपि मम सुदक्षिणायां पुत्राभावेन अखण्डमपि साम्राज्यं न संतोषाय भवति ।

**हिन्दी**—हे गुरो ! यद्यपि आप की कृपा से मेरी समस्त सम्पत्तियाँ अवि-च्छिन्न हैं तथापि आपकी इस शिष्य-वधू सुदक्षिणा से स्वसदृश पुत्र न पाकर समस्त रत्नों को उत्पन्न करने वाली भी यह पृथ्वी मुझे संतुष्ट नहीं करती है ॥

तदेव प्रतिपादयति—

नूनं मत्तः परं वंश्याः पिण्डविच्छेददर्शिनः ।
न प्रकामभुजः श्राद्धे स्वधासंग्रहतत्पराः ॥ ६६ ॥

**सञ्जीविनी**—मत्तः परं मदनन्तरम् 'पञ्चम्यास्तसिल्' पिण्डविच्छेददर्शिनः पिण्डदानविच्छेदमुत्प्रेक्षमाणाः । वंशोद्भवा वंश्याः पितरः । स्वधेत्यव्ययं पितृभोज्ये वर्तते । तस्याः संग्रहे तत्परा आसक्ताः सन्तः श्राद्धे पितृकर्मणि । 'पितृदानं निवापः स्याच्छ्राद्धं तत्कर्म शास्त्रतः' इत्यमरः । प्रकामभुजः पर्याप्तभोजिनो न भवन्ति नूनं सत्यम् । 'कामं प्रकामं पर्याप्तम्' इत्यमरः । निर्धना ह्यापद्धनं कियदपि संगृह्णन्तीति भावः ॥६६॥

**अन्वयः**—मत्तः, परम्, पिण्डविच्छेददर्शिनः, वंश्याः, स्वधासंग्रहतत्पराः, 'सन्तः', श्राद्धे, प्रकामभुजः, नूनम्, न, 'भवन्ति'।

**वाच्य०**—पिण्डविच्छेददर्शिभिः वंश्यैः स्वधासंग्रहतत्परैः न प्रकामभुग्भिः भूयते।

**व्याख्या**—मत्तः = मत्सकाशात्, परम् = अनन्तरम्, पिण्डस्य, विच्छेदः = ध्वंसः इति पिण्डविच्छेदः, पिण्डविच्छेदं द्रष्टुम् = अवलोकितुं शीलं येषान्ते पिण्डविच्छेददर्शिनः, वंशे = कुले भवा वंश्याः, पितर इत्यर्थः। स्वधायाः = पितृभोज्यस्य, सङ्ग्रहः = आदानम्, इति स्वधासंङ्ग्रहः स्वधासंग्रहे तत्पराः = लग्नाः इति स्वधासंग्रहतत्पराः, 'सन्त' श्राद्धे = पितृकार्ये, प्रकामम् = अत्यन्तं पर्याप्तमित्यर्थः। भुंजन्ति = खादन्ति इति प्रकामभुजः, नूनम् = निश्चयेन, न 'भवन्ति'।

**समा०**—पिण्डस्य विच्छेदः पिण्डविच्छेदः, पिण्डविच्छेदं द्रष्टुं शीलं येषां ते पिण्डविच्छेददर्शिनः। वंशे भवाः वंश्याः। स्वधायाः संग्रहः इति स्वधासंग्रहः, तस्मिन् तत्पराः स्वधासंग्रहतत्पराः। प्रकामम् भुञ्जन्ति इति प्रकामभुजः।

**अभि०**—पुत्राभावान्मदनन्तरं पिण्डविच्छेदं विचारयन्तो मत्पितरः स्वधासंग्रहसंलग्नाः पर्याप्तं न खादन्ति।

**हिन्दी**—मेरे अनन्तर पुत्र के अभाव में पिण्ड के लोप का विचार करके मेरे पूर्वज श्राद्धके अवसर पर अवश्य ही तृप्त होकर भोजन नहीं करते होंगे।६६।

मत्परं दुर्लभं मत्वा नूनमावर्जितं मया।
पयः पूर्वैः स्वनिश्वासैः कवोष्णमुपभुज्यते ॥ ६७ ॥

**सञ्जीविनी**—मत्परं मदनन्तरम्। 'अन्यारादितरर्तेदिक्शब्दाञ्चूत्तरपदाजाहियुक्ते' इत्यनेन पञ्चमी। दुर्लभं दुर्लभ्यं मत्वा मयावर्जितं मद्दत्तं पयः पूर्वैः पितृभिः स्वनिःश्वासैर्दुःखजैः कवोष्णमीषदुष्णं यथा तथोपभुज्यते। नूनमिति तर्के। कवोष्णमिति कुशब्दस्य कवादेशः। 'कोष्णं कवोष्णं मंदोष्णं कदुष्णं त्रिषु तद्वति' इत्यमरः ॥६७॥

**अन्वयः**—मत्परम्, दुर्लभम्, मत्वा, 'इदानीम्' मया, आवर्जितम्, पयः, पूर्वैः स्वनिश्वासैः कवोष्णम्, 'यथा तथा', उपभुज्यते, नूनम्।

**वाच्य०**—पूर्वे, कवोष्णम्, उपभुञ्जते।

**व्याख्या**—मत्तः = मत्सकाशात्, परम् = अग्रे, दुर्लभम् = दुष्प्रापम्, मत्वा = ज्ञात्वा, 'इदानीम्', मया = दिलीपेन, आवर्जितम् = दत्तम्, पयः = जलम्, पूर्वैः = पूर्वजैः, स्वस्य = आत्मनः, निःश्वासाः = मुखमारुताः, इति स्वनिःश्वासाः तैः स्वनिश्वासैः, कवोष्णम् = ईषदुष्णम्, यथा तथा, उपभुज्यते = पीयते, नूनम् = निश्चयेन ।

**समा०**—मत्तः परम् इति मत्परम् । स्वस्य निश्वासाः इति स्वनिश्वासाः, तैः स्वनिश्वासैः ।

**अभि०**—मदनन्तरं पुत्राभावादिदानीं मद्दत्तं वारि पितृजनैर्निजदुःखनिश्वासैरीषदुष्णीकृतं पीयतेऽत्र न सन्देहः ।

**हिन्दी**—मेरे पश्चात् पुत्र के न होने से आज-कल मेरे दिये जल को मेरे पितृजन अपने दुःख के श्वासों से कुछ गर्म करके पीते हैं । इसमें कोई सन्देह नहीं है ।। ६७ ।।

सोऽहमिज्याविशुद्धात्मा प्रजालोपनिमीलितः ।
प्रकाशश्चाप्रकाशश्च लोकालोक इवाचलः ।। ६८ ।।

**सञ्जीविनी**—इज्या यागः । 'व्रजयजोर्भावे क्यप्' इति क्यप्प्रत्ययः । तया विशुद्धात्मा विशुद्धचेतनः । प्रजालोपेन संतत्यभावेन निमीलितः कृतनिमीलनः सोऽहम् । लोक्यत इति लोकः । नलोक्यत इत्यलोकः लोकश्चालोकश्चात्रस्त इति, लोकश्चासावलोकश्चेति वा 'लोकालोकश्चक्रवालः' इत्यमरः । प्रकाशत इति प्रकाशश्च देवर्णविमोचनात् । न प्रकाशत इत्यप्रकाशश्च पितॄणामृणाविमोचनात् । पचाद्यच् । अस्मीति शेषः । लोकालोकोऽप्यन्तः सूर्यसंपर्काद्बहिस्तमोव्याप्त्या च प्रकाशश्चाप्रकाशश्चेति मन्तव्यम् ।।६८।।

**अन्वयः—इज्याविशुद्धात्मा, प्रजालोपनिमीलितः, अहम्, लोकालोकः, अचलः, इव, प्रकाशः, अप्रकाशः, च, अस्मि ।**

**वाच्य०**—इज्याविशुद्धात्मना, प्रजालोपनिमीलितेन, 'मया' लोकालोकेन, अचलेन, प्रकाशेन, अप्रकाशेन, च, भूयते ।

**व्याख्या**—इज्या = यज्ञकरणम्, इज्यया विशुद्धः = पूतः, आत्मा = स्वम्, यस्य सः, इज्याविशुद्धात्मा, प्रकर्षेण जायते = भवति, इति प्रजा = संततिः, प्रजायाः लोपः = अभावः इति प्रजालोपः, प्रजालोपेन निमीलितः = कृतनिमीलनः, इति प्रजालोपनिमीलितः, अहम् = दिलीपः, लोक्यते = दृश्यते, इति लोकः, न लोक्यते

=दृश्यत इति, अलोकः, लोकश्चासावलोकश्च इति लोकालोकः, अचलः=पर्वतः, इव=यथा, प्रकाशते=द्योतते इति प्रकाशः देवर्णविमोचनात्, न प्रकाशते इत्यप्रकाशः पितृऋणविमोचनाभावात्, च=तथा, अस्मि=भवामि।

**समा०**—इज्यया विशुद्धः आत्मा यस्य सः इज्याविशुद्धात्मा। प्रजायाः लोपः प्रजालोपः तेन निमीलितः इति प्रजालोपनिमीलितः। लोक्यते, इति लोकः, न लोक्यते इति अलोकः, लोकश्चासावलोकश्च इति लोकालोकः। प्रकाशते इति प्रकाशः। न प्रकाशते इति अप्रकाशः।

**अभि०**—यज्ञादिना देवर्णविमोचनात्प्रसन्नचेतास्तथा पुत्राभावेन पितृऋणाविमोचनान्मलिनचेताश्चाहं लोकालोकपर्वत इव भवामि।

**हिन्दी**—यज्ञ आदि से मैं देवऋण से मुक्त होने के कारण प्रसन्नचित्त, तथा पुत्र के अभाव से पितृऋण से मुक्त न होने के कारण मलिनचित्त हूँ, अतः मेरी स्थिति लोकालोक पर्वत के समान है, जिसके एक ओर प्रकाश तथा दूसरी ओर अँधेरा रहता है ॥६८॥

ननु तपोदानादिसंपन्नस्य किमपत्यैरित्याह—

लोकान्तरसुखं पुण्यं तपोदानसमुद्भवम्।
संततिः शुद्धवंश्या हि परत्रेह च शर्मणे ॥६९॥

**सञ्जीविनी**—समुद्भवत्यस्मादिति समुद्भवः कारणम्। तपोदाने समुद्भवो यस्य तत्तपोदानसमुद्भवं यत्पुण्यं तल्लोकान्तरे परलोके सुखं सुखकरम्। शुद्धवंशे भवा शुद्धवंश्या संततिर्हि परत्र परलोके, इह च लोके शर्मणे सुखाय। 'शर्मशातसुखानि च' इत्यमरः। भवतीति शेषः ॥६९॥

**अन्वयः**—तपोदानसमुद्भवम्, पुण्यम्, लोकान्तरसुखम्, 'भवति'। हि शुद्धवंश्या, सन्ततिः, इह, परत्र, च, शर्मणे, भवति।

**वाच्य०**—तपोदानसमुद्भवेन, पुण्येन, लोकान्तरसुखेन, 'भूयते', शुद्धवंश्यया, सन्तत्या, शर्मणे, भूयते।

**व्याख्या**—तपः=तपश्चर्या कृच्छ्रचान्द्रायणव्रतादीत्यर्थः,तच्च, दानम्=त्यागः च तपोदाने, समुद्भवति=उत्पद्यतेऽस्मादिति समुद्भवः, तपोदाने समुद्भवो यस्य तत् तपोदानसमुद्भवम्, पुण्यम्=सुकृतम्, अन्यः=अपरः, लोकः=भुवनम्, इति लोकान्तरम्, लोकान्तरे, सुखम्=सुखकरम् इति लोकान्तरसुखम्, 'भवति', हि=

यतः, शुद्धः = पवित्रः च असौ वंशः = कुलम् इति शुद्धवंशः, शुद्धवंशे भवा शुद्धवंश्या सुवंशोत्पन्नेत्यर्थः, सन्ततिः = प्रजा, परत्र = परलोके, इह = अस्मिँल्लोके च शर्मणे = कल्याणाय, भवति ।

समा०—तपश्च तत् दानञ्च इति तपोदाने, तपोदाने समुद्भवो यस्य तत् तपोदानसमुद्भवम् । अन्यः लोकः इति लोकान्तरम्, लोकान्तरे सुखम् इति लोकान्तरसुखम् । शुद्धश्चासौ वंशः इति शुद्धवंशः तस्मिन् भवा इति शुद्धवंश्या ।

अभि०—यत्पुण्यं तपसा दानेन च सम्पद्यते तत्केवलं परलोकसुखावहमेव भवति किन्तु शुद्धवंशोत्पन्नः पुत्रस्तु परलोकेऽस्मिल्लोके च सुखावहो भवति ।

हिन्दी—जो पुण्य तप अथवा दान से उत्पन्न होता है वह केवल परलोक में ही सुख देता है, किन्तु शुद्ध वंश में उत्पन्न पुत्र तो इस लोक में तथा परलोक में भी सुख पहुँचाता है ॥६९॥

तया हीनं विधातर्मां कथं पश्यन्न दूयसे ।
सिक्तं स्वयमिव स्नेहाद्वन्ध्यमाश्रमवृक्षकम् ॥७०॥

सञ्जीविनी—हे विधातः ! स्रष्टः ! तया संतत्या हीनमनपत्यं माम् । स्नेहात्प्रेम्णा स्वयमेव सिक्तं जलसेकेन वर्धितं वन्ध्यमफलम् । 'वन्ध्योऽफलोऽवकेशी च' इत्यमरः । आश्रमस्य वृक्षकं वृक्षपोतमिव पश्यन्कथं न दूयसे न परितप्यसे । विधातरित्यनेन समर्थोऽप्युपेक्षस इति गम्यते ॥७०॥

अन्वयः—हे विधातः, तया, हीनम्, माम्, स्नेहात्, स्वयम्, एव, सिक्तम्, वन्ध्यम्, आश्रमवृक्षकम्, इव, पश्यन्, कथम्, न, दूयसे ।

वाच्य०—पश्यता, त्वया, कथम्, न, दूयते ।

व्याख्या—हे विधातः = स्रष्टः, तया = सन्तत्या, हीनम् = रहितम्, माम् = दिलीपम्, स्नेहात् = प्रेम्णा, स्वयम् = आत्मना, एव = निश्चयेन, सिक्तम् = जलसेकेन वर्धितम्, वन्ध्यम् = निष्फलम्, ह्रस्वः, वृक्षः, वृक्षकः = तरुपोतः, आश्रमस्य = मुन्यावासस्य वृक्षकः इति आश्रमवृक्षकः तम् आश्रमवृक्षकम्, इव = यथा, पश्यन् = अवलोकयन्, कथम् = केन प्रकारेण, न = नहि, दूयसे = परितप्यसे ।

समा०—ह्रस्वः वृक्षः वृक्षकः, आश्रमस्य वृक्षकः इति आश्रमवृक्षकः तम् आश्रमवृक्षकम् ।

अभि०—हे विधातः, यथा जलसेकेन संवर्धितो वृक्षः फलरहितश्चेत्स्यात्तर्हि शोचनीयो भवति तथैव स्वकृपासंवर्धितमपि मां पुत्रहीनं दृष्ट्वा भवान् कथं न दुःखी भवति ?

हिन्दी—हे गुरो—जिस प्रकार जल से सींचकर बढ़ाये हुए वृक्ष को फलशून्य देखकर दुःखी होना उचित है उसी प्रकार स्वयं स्नेह पूर्वक बढ़ाये हुए मुझको भी पुत्र रहित देखकर आप दुःखी क्यों नहीं होते ? ॥७०॥

असह्यपीडं भगवन्नृणमन्त्यमवेहि मे ।
अरुन्तुदमिवालानमनिर्वाणस्य दन्तिनः ॥७१॥

सञ्जीविनी—हे भगवन् ! ममान्त्यमृणं पैतृकमृणम् । अनिर्वाणस्य मज्जनरहितस्य । 'निर्वाणं निर्वृतौ मोक्षे विनाशे गजमज्जने' इति यादवः । दन्तिनो गजस्य । अरुर्मर्म तुदतीत्यरुंतुदं मर्मस्पृक् । 'व्रणोऽस्त्रियामीर्ममरुः' इति, 'अरुंतुदं तु मर्मस्पृक्' इति, चामरः । 'विध्वरुषोस्तुदः' इति खश्प्रत्ययः । 'अरुर्द्विषत्—' इत्यादिना मुमागमः । आलानं बन्धनस्तम्भमिव । 'आलानं बन्धनस्तम्भे' इत्यमरः । असह्या सोढुमशक्या पीडा दुःखं यस्मिस्तदवेहि । दुःसहदुःखजनकं विद्धीत्यर्थः । 'निर्वाणोत्थानशयनानि त्रीणि गजकर्माणि' इति पालकाप्ये । 'ऋणं देवस्य यागेन ऋषीणां दानकर्मणा । संतत्या पितृलोकानां शोधयित्वा परिव्रजेत्' ॥७१॥

अन्वयः—हे भगवन्, मे, अन्त्यम्, ऋणम्, अनिर्वाणस्य, दन्तिनः, अरुन्तुदम्, आलानम्, इव, असह्यपीडम्, अवेहि ।

वाच्य०—त्वया, अवेयताम् ।

व्याख्या—हे भगवन् = षडैश्वर्यशालिन्, मे = मम दिलीपस्य, अन्ते = अवसाने भवम् अन्त्यम्, ऋणम् = पैतृकमृणम्, न निर्वाति निर्वाणम् = गजमज्जनं यस्य सः, अनिर्वाणः, तस्य अनिर्वाणस्य, दन्तिनः = गजस्य, अरुः = मर्मस्थानम्, तुदति = पीडयति इति अरुन्तुदम्, तत् आलानम् = गजबन्धनस्तम्भम्, इव = यथा, सोढुम् = सहनं कर्तुं योग्या सह्या न सह्या असह्या असह्या, पीडा व्यथा यस्मिस्तत् असह्यपीडम् तत्तथोक्तम् अवेहि = विद्धि ।

समा०—अन्ते भवम् अन्त्यम् । न विद्यते निर्वाणं यस्य सः अनिर्वाणः, तस्य अनिर्वाणस्य । अरुः तुदति इति अरुन्तुदम् । सोढुं योग्या सह्या न सह्या असह्या असह्या, पीडा यस्मिन् तत् असह्यपीडम् ।

**अभि०**—हे भगवन्, ममेदानीं पैतृकमृणं तथा सोढुमशक्यं वर्तते यथा स्नान-क्रियाशून्यस्य गजस्य मर्मव्यथाजनको बन्धनस्तम्भः।

**हिन्दी**—हे भगवन्, इस समय मुझे पैतृक ऋण इस प्रकार कष्ट पहुँचा रहा है जिस प्रकार कि स्नान-क्रिया न होने से हाथी को उसके बन्धन का खूंटा ॥७१॥

तस्मान्मुच्ये यथा तात संविधातुं तथार्हसि।
इक्ष्वाकूणां दुरापेऽर्थे त्वदधीना हि सिद्धयः ॥७२॥

**सञ्जीविनी**—हे तात! तस्मात्पैतृकादृणाद्यथा मुच्ये मुक्तो भवामि। कर्मणि लट्। तथा संविधातुं कर्तुमर्हसि। हि यस्मात्कारणादिक्ष्वाकूणामिक्ष्वाकुवंश्यानाम्। तद्राजत्वाद्बहुष्वणो लुक्। दुरापे दुष्प्राप्येऽर्थे। सिद्धयस्त्वदधीनास्त्वदायत्ताः। इक्ष्वाकूणामिति शेषे षष्ठी। 'न लोक–' इत्यादिना कृद्योगे षष्ठीनिषेधात् ॥७२॥

**अन्वयः**—**हे तात, तस्मात्, यथा, मुच्ये, तथा, संविधातुम्, 'त्वम्' अर्हसि, हि, इक्ष्वाकूणाम्, दुरापे, अर्थे, सिद्धयः, त्वदधीनाः।**

**वाच्य०**—मया मुच्यते, त्वया अर्ह्यते, सिद्धिभिः त्वदधीनाभिः भूयते।

**व्याख्या**—हे तात=पितः, तस्मात्=पैतृकादृणात्, यथा=येन प्रकारेण, मुच्ये=मुक्तो भवामि, तथा=तेन प्रकारेण, संविधातुम्=कर्तुम्, अर्हसि=योग्यो भवसि, हि=यतः, इक्ष्वाकूणाम्=इक्ष्वाकुकुलोत्पन्नानां नृपाणाम्, दुरापे=दुष्प्रापे, अर्थे=प्रयोजने, सिद्धयः=कार्यसाफल्यानि, तव=वसिष्ठस्य, अधीनाः=आयत्ताः, इति त्वदधीनाः।

**समा०**—दुःखेन आप्यते यः सः दुरापः तस्मिन् दुरापे। तव अधीनाः इति त्वदधीनाः।

**अभि०**—हे गुरो! तस्माद्यथाहं पैतृकादृणान्मुक्तो भवामि तथोपायं कुरु, यतः इक्ष्वाकुवंशीयानां राज्ञां दुष्कराणामपि कार्याणां सिद्धयस्त्वदायत्ताः सन्ति।

**हिन्दी**—हे गुरो, इसलिये जिससे कि मैं पितृऋण से उन्मुक्त हो सकूं ऐसा उपाय कीजिये, क्योंकि इक्ष्वाकुवंशी राजाओं के कठिन कार्यों की सिद्धि आपके ही आधीन है ॥७२॥

इति विज्ञापितो राज्ञा ध्यानस्तिमितलोचनः।
क्षणमात्रमृषिस्तस्थौ सुप्तमीन इव ह्रदः ॥७३॥

**सञ्जीविनी**—इति राज्ञा विज्ञापित ऋषिर्ध्यानेन स्तिमिते लोचने यस्य ध्यानस्तिमितलोचनो निश्चलाक्षः सन्क्षणमात्रं सुप्तमीनो ह्लद इव तस्थौ ॥७३॥

**अन्वयः**—इति, राज्ञा, विज्ञापितः, ऋषिः, ध्यानस्तिमितलोचनः, 'सन्' क्षणमात्रम्, सुप्तमीनः, ह्लदः, इव, तस्थौ ।

**वाच्य०**—विज्ञापितेन, ऋषिणा, ध्यानस्तिमितलोचनेन, सता, सुप्तमीनेन, ह्लदेन, इव तस्थे ।

**व्याख्या**—इति = एवम्, राज्ञा = नृपेण, दिलीपेन, विज्ञापितः = निवेदितः, ऋषिः = मुनिर्वसिष्ठः, ध्यानेन = चिन्तनेन, स्तिमिते = निश्चले, लोचने = नेत्रे यस्य सः, ध्यानस्तिमितलोचनः, सन् क्षणमेव क्षणमात्रं = क्षणरूपकालविशेषपर्यन्तम्, सुप्ताः = निद्रिताः, मीनाः = मत्स्याः यस्य सः सुप्तमीनः, ह्लदः = सरः, इव = यथा, तस्थौ = स्थितवान् ।

**समा०**—ध्यानेन स्तिमिते लोचने यस्य सः, ध्यानस्तिमितलोचनः । सुप्ताः मीनाः यस्य स सुप्तमीनः ।

**अभि०**—दिलीपप्रार्थनानन्तरं तत्कारणं ज्ञातुं वसिष्ठो नेत्रनिमीलनेन समाधौ तथा क्षणमात्रं निश्चलो बभूव यथा सुप्तमीनतया निस्तरङ्गः सरोवरः ।

**हिन्दी**—दिलीप की प्रार्थना के अनन्तर पुत्राभाव का कारण जानने के लिये महर्षि वसिष्ठ, मछलियों के सो जाने से तरङ्गरहित तालाब के समान क्षणमात्र निश्चल होकर समाधिस्थ हो गये ॥७३॥

सोऽपश्यत्प्रणिधानेन सन्ततेः स्तम्भकारणम् ।
भावितात्मा भुवो भर्तुरथैनं प्रत्यबोधयत् ॥ ७४ ॥

**सञ्जीविनी**—स मुनिः प्रणिधानेन चित्तैकाग्र्येण भावितात्मा शुद्धान्तःकरणो भुवो भर्तुर्नृपस्य संततेः स्तम्भकारणं संतानप्रतिबन्धकारणमपश्यत् । अथानन्तरमेनं नृपं प्रत्यबोधयत् । स्वदृष्टं ज्ञापितवानित्यर्थः । एनमिति 'गतिबुद्धि–' इत्यादिनाणि कर्तुः कर्मत्वम् ॥७४॥

**अन्वयः**—प्रणिधानेन, भावितात्मा, सः, भुवः, भर्तुः, सन्ततेः, स्तम्भकारणम्, अपश्यत्, अथ, एनम्, प्रत्यबोधयत् ।

**वाच्य०**—भावितात्मना अदृश्यत, एषः प्रत्यबोध्यत ।

व्याख्या—प्रणिधानन=समाधिना, भावितः=शुद्धः, आत्मा=अन्तःकरणम्, यस्य सः, भावितात्मा, सः=महर्षिर्वसिष्ठः, भुवः=भूमेः, भर्तुः=स्वामिनः, दिलीपस्य सन्ततेः=सन्तानस्य, स्तम्भस्य=प्रतिबन्धस्य, कारणम्=हेतुः, इति स्तम्भकारणं तत्, अपश्यत्=अवालोकयत्, अथ=अनन्तरम्, एनम्=अमुम्, दिलीपम्, प्रत्यबोधयत्=ज्ञापितवान् ।

समा०—भावितः आत्मा यस्य सः भावितात्मा । स्तम्भस्य कारणम् इति स्तम्भकारणम् तत् ।

अभि०—वसिष्ठः समाधिना दिलीपस्य सन्तानाभावरूपं कारणं ज्ञात्वा दिलीपायावोचत् ।

हिन्दी—महर्षि वसिष्ठ समाधि के द्वारा दिलीप के सन्तान न होने के कारण को जान गये और दिलीप को भी बतला दिया ।

पुरा शक्रमुपस्थाय तवोर्वीं प्रति यास्यतः।
आसीत्कल्पतरुच्छायामाश्रिता सुरभिः पथि ॥ ७५ ॥

सञ्जीविनी—पुरा पूर्वं शक्रमिन्द्रमुपस्थाय संसेव्योर्वीं प्रति भुवमुद्दिश्य यास्यतो गमिष्यतस्तव पथि कल्पतरुच्छायामाश्रिता सुरभिः कामधेनुरासीत् । तत्र स्थितेत्यर्थः ॥७५॥

अन्वयः—पुरा, शक्रम्, उपस्थाय, उर्वीम्, प्रति, यास्यतः, तव, पथि, कल्पतरुच्छायाम्, आश्रिता, सुरभिः, आसीत् ।

वाच्य०—आश्रितया, सुरभ्या, अभूयत ।

व्याख्या—पुरा=पूर्वम्, शक्रम्=इन्द्रम्, उपस्थाय=संसेव्य, उर्वीम्=पृथ्वीम्, प्रति=उद्दिश्य, यास्यति=गमिष्यति, इति यास्यन्, तस्य यास्यतः तव=दिलीपस्य, पथि=मार्गे, कल्पतरोः=कल्पवृक्षस्य, छाया=अनातपः, इति कल्पतरुच्छाया ताम् कल्पतरुच्छायाम्, आश्रिता=उपविष्टा, सुरभिः=कामधेनुः, आसीत् =अभूत् ।

समा०—यास्यति इति यास्यन् तस्य यास्यतः । कल्पतरोः छाया इति कल्पतरुच्छाया ताम् कल्पतरुच्छायाम् ।

अभि०—पुरा कदाचित्त्वं शक्रभवनान्मृत्युलोकमागच्छन्नासीः, मार्गे च कल्पवृक्षस्याधः कामधेनुः स्थितासीत् ।

हिन्दी— हे राजन्, पहले एक समय तुम्हारे इन्द्र-भवन से भूलोक आते समय मार्ग में कल्पवृक्ष की छाया में कामधेनु बैठी हुई थी ॥७५॥

धर्मलोपभयाद्राज्ञीमृतुस्नातामिमां स्मरन् ।
प्रदक्षिणक्रियार्हायां तस्यां त्वं साधु नाचरः ॥ ७६ ॥

**सञ्जीविनी**—ऋतुः पुष्पम् । रज इति यावत् । 'ऋतुः स्त्रीकुसुमेऽपि च' इत्यमरः । ऋतुना निमित्तेन स्नातामिमां राज्ञीं सुदक्षिणां धर्मस्यर्त्वभिगमनलक्षणस्य लोपाद् भ्रंशाद्यद् भयं तस्मात्स्मरन्ध्यायन् । 'मृदं गां दैवतं विप्रं घृतं मधु चतुष्पथम् । प्रदक्षिणानि कुर्वीत विज्ञातांश्च वनस्पतीन् ॥' इतिशास्त्रात्प्रदक्षिणक्रियार्हायां प्रदक्षिणकरणयोग्यायां तस्यां धेन्वां त्वं साधु प्रदक्षिणादिसत्कारं नाचरो नाचरितवानसि । व्यासक्ता हि विस्मरन्तीति भावः । ऋतुकालाभिगमने मनुः— ऋतुकालाभिगामी स्यात्स्वदारनिरतः सदा' इति । अकरणे दोषमाह पराशरः—'ऋतुस्नातां तु यो भार्यां स्वस्थः सन्नोपसर्पति । बालगोघ्नापराधेन विध्यते नात्र संशयः ॥' इति ॥७६॥

**अन्वयः**—ऋतुस्नाताम्, इमाम्, राज्ञीम्, धर्मलोपभयात्, स्मरन्, प्रदक्षिणक्रियार्हायाम्, तस्याम्, त्वम्, साधु, न, आचरः ।

**वाच्य०**—स्मरता, त्वया, न, आचर्यत ।

**व्याख्या**—ऋतुना = रजसा, निमित्तेन स्नाता = कृतस्नाना, इति ऋतुस्नाता, ताम् ऋतुस्नाताम्, इमाम् = पुरोवर्तिनीम्, राज्ञीम् = महिषीं सुदक्षिणाम्, धर्मस्य = सुकृतस्य, लोपः = भ्रंशः, इति धर्मलोपः, धर्मलोपात् भयम् = भीतिः, इति धर्मलोपभयम् तस्मात् धर्मलोपभयात्, स्मरन् = अनुध्यायन्, प्रदक्षिणस्य = परिक्रमायाः, क्रिया = कर्म, इति प्रदक्षिणक्रिया, अर्हति = योग्या भवति, इति अर्हा प्रदक्षिणक्रियायाम् अर्हा इति प्रदक्षिणक्रियार्हा तस्याम् प्रदक्षिणक्रियार्हायाम्, तस्याम् कामधेन्वाम्, त्वम् = दिलीपः, साधु = प्रदक्षिणादिसत्कारम्, न = नहि, आचरः = कृतवान् ।

**समा०**—ऋतुना स्नाता इति ऋतुस्नाता ताम् ऋतुस्नाताम् । धर्मस्य लोपः इति धर्मलोपः तस्मात् भयम् इति धर्मलोपभयम् तस्मात् धर्मलोपभयात् । प्रदक्षिणस्य क्रिया प्रदक्षिणक्रिया अर्हति इति अर्हा, प्रदक्षिणक्रियायाम् अर्हा इति प्रदक्षिणक्रियार्हा तस्यां प्रदक्षिणक्रियार्हायाम् ।

अभि०—ऋतुगमनाभावाद्धर्मनाशो मा भूदिति राज्ञीमेव चिन्तयन् पथि स्थितामपि कामधेनुं त्वं प्रदक्षिणादिकर्मणा साधु न सत्कृतवान् ।

हिन्दी—ऋतुकाल में अभिगमन न होने से कहीं धर्मलोप न हो जाय इस भय से केवल रानी का ही चिन्तन करने के कारण तुमने मार्ग में बैठी हुई कामधेनु का प्रदक्षिणादि से सत्कार नहीं किया ।।७६।।

अवजानासि मां यस्मादतस्ते न भविष्यति ।
मत्प्रसूतिमनाराध्य प्रजेति त्वां शशाप सा ।।७७।।

सञ्जीविनी—यस्मात्कारणान्मामवजानासि तिरस्करोषि अतः कारणान्मत्प्रसूतिं मम संततिमनाराध्यासेवयित्वा ते तव प्रजा न भविष्यतीति सा सुरभिस्त्वां शशाप 'शप आक्रोशे' ।।७७।।

अन्वयः—यस्मात्, 'त्वम्' माम्, अवजानासि, अतः, मत्प्रसूतिम्, अनाराध्य, ते, प्रजा, न, भविष्यति, इति, सा, त्वाम् शशाप ।

वाच्य०—यस्मात्, त्वया, अहम्, अवज्ञाये, प्रजया, न, भविष्यते, इति, तया, त्वम्, शेपिषे ।

व्याख्या—यस्मात्=यतः, कारणात्, 'त्वम्' माम्=कामधेनुम्, अवजानासि=तिरस्करोषि, अतः=अस्मात्कारणात्, मम=कामधेन्वाः, प्रसूतिः=सन्ततिः, मत्सन्ततिः, ताम्, मत्प्रसूतिम्, अनाराध्य=असेवयित्वा, ते=तव, दिलीपस्य, प्रजा=संततिः, न=नहि, भविष्यति=संपत्स्यते, इति=इत्थम् सा=कामधेनुः, त्वाम्=दिलीपम्, शशाप=शापं ददौ ।

समा०—मम प्रसूतिः इति मत्प्रसूतिः ताम् मत्प्रसूतिम् । न आराध्य अनाराध्य ।

अभि०—यतस्त्वं मां तिरस्करोष्यतस्तव सन्ततिर्मत्सन्ततेराराधनं विना न भविष्यति, इति सा तुभ्यं शापं ददौ ।

हिन्दी—क्योंकि तुम परिक्रमा आदि न करने से मेरा तिरस्कार कर रहे हो अतः मेरी सन्तान की आराधना किये बिना तुम्हें सन्तान न होगी, ऐसा उसने तुम्हें शाप दे दिया ।।७७।।

कथं तदस्माभिर्न श्रुतमित्याह—

स शापो न त्वया राजन्न च सारथिना श्रुतः ।
नदत्याकाशगङ्गायाः स्रोतस्युद्दामदिग्गजे ।।७८।।

**सञ्जीविनी**—हे राजन्! स शापस्त्वया न श्रुतः। सारथिना च न श्रुतः। अश्रवणे हेतुमाह—क्रीडार्थमागता उद्दामानो दाम्न उद्गता दिग्गजा यस्मिस्तथोक्त आकाशगङ्गाया मन्दाकिन्याः स्रोतसि प्रवाहे नदति सति ॥७८॥

**अन्वयः**—हे राजन्, सः, शापः, त्वया, न, श्रुतः, सारथिना, च, न, 'श्रुतः', उद्दामदिग्गजे, आकाशगङ्गायाः, स्रोतसि, नदति, 'सति'।

**वाच्य०**—हे राजन्, शापम्, त्वम्, न श्रुतवान्, सारथिः, च, न, 'श्रुतवान्'।

**व्याख्या**—हे राजन्, सः=असौ पूर्वोक्तः, शापः=आक्रोशः, त्वया=दिलीपेन, न=नहि, श्रुतः=आकर्णितः, सारथिना=सूतेन, च=तथा, न, 'श्रुतः' दाम्नः=शृङ्खलायाः उद्गताः उद्दामानः, दिशाम्=काष्ठानाम्, गजाः=हस्तिनः दिग्गजाः, उद्दामानः, दिग्गजाः यस्मिन् तत् उद्दामदिग्गजम् तस्मिन् उद्दामदिग्गजे, आकाशस्य=दिवः गङ्गा=सुरनदी आकाशगङ्गा तस्याः आकाशगङ्गायाः स्रोतसि=प्रवाहे, नदति=शब्दायमाने 'सति'।

**समा०**—दाम्नः उद्गताः उद्दामानः दिशां गजाः दिग्गजाः उद्दामानः दिग्गजाः यस्मिन् तत्, उद्दाम दिग्गजम् तस्मिन् उद्दामदिग्गजे। आकाशस्य गंगा आकाशगंगा, तस्याः आकाशगंगायाः।

**अभि०**—हे राजन् कामधेन्वा प्रदत्तः स शापस्त्वया तव सारथिना वा न श्रुतः, यतः सुरनद्या उत्कटे प्रवाहे मज्जतां दिङ्नागानां महान्कलकल आसीत्।

**हिन्दी**—हे राजन् कामधेनु का दिया हुआ वह शाप न तो तुमने सुना न तुम्हारे सारथि ने ही सुना, क्योंकि आकाशगङ्गा के प्रवाह में स्नान करते बन्धनमुक्त दिग्गजों का महान् कलकल शब्द हो रहा था ॥७८॥

अस्तु, प्रस्तुते किमायातमित्यत्राह—

ईप्सितं तदवज्ञानाद्विद्धि सार्गलमात्मनः।
प्रतिबध्नाति हि श्रेयः पूज्यपूजाव्यतिक्रमः ॥७९॥

**सञ्जीविनी**—तदवज्ञानात्तस्या धेनोरवज्ञानादपमानादात्मनः स्वस्याप्तुमिष्टमीप्सितं मनोरथम्। आप्नोतेः सन्नन्तात्क्तः। ईकारश्च। सार्गलं सप्रतिबन्धं विद्धि जानीहि। तथाहि पूज्यपूजाया व्यतिक्रमोऽतिक्रमणं श्रेयः प्रतिबध्नाति ॥७९॥

**अन्वयः**—तदवज्ञानात्, आत्मनः ईप्सितम्, सार्गलम्, विद्धि, हि, पूज्यपूजाव्यतिक्रमः, श्रेयः, प्रतिबध्नाति।

**वाच्य०**—'त्वया' विद्यताम्, पूज्यपूजाव्यतिक्रमेण श्रेयः प्रतिबध्यते।

**व्याख्या**—तस्याः = कामधेनोः, अवज्ञानम् = तिरस्कारः तदवज्ञानम् तस्मात् तदवज्ञानात्, आत्मनः = स्वस्य, ईप्सितम् = मनोरथम् अर्गलया शृङ्खलया सह वर्तमानम्, सार्गलम् प्रतिबन्धयुक्तमित्यर्थः, विद्धि = जानीहि, हि = यतः, पूजितुम् = अर्चितुं योग्याः पूज्याः, पूज्यानाम् पूजा = अर्चा, पूज्यपूजा, पूज्यपूजायाः व्यतिक्रमः = उल्लंघनम् इति पूज्यपूजाव्यतिक्रमः, श्रेयः = कल्याणम्, प्रतिबध्नाति = रुणद्धि।

**समा०**—तस्याः अवज्ञानम् तदवज्ञानम् तस्मात् तदवज्ञानात्। अर्गलया सह वर्तमानम् इति सार्गलम्। पूजितुं योग्याः पूज्याः पूज्यानां पूजा इति पूज्यपूजा पूज्यपूजायाः व्यतिक्रमः पूज्यपूजाव्यतिक्रमः।

**अभि०**—अतः कामधेनोरनादरात्तव सन्तानप्रतिबन्धो जातः, पूजार्हाणां पूजाभावः कल्याणस्य प्रतिबन्धको भवति।

**हिन्दी**—इसलिये कामधेनु का अनादर करने से तुम्हारे सन्तान होने में बाधा पड़ गई है; क्योंकि पूज्य की पूजा के उल्लंघन से कल्याण में बाधा हो जाती है ॥७९॥

तर्हि गत्वा तामाराधयामि। स्वयं वा कथंचिदागमिष्यतीत्याशा न कर्तव्येत्याह—

हविषे दीर्घसत्रस्य सा चेदानीं प्रचेतसः।
भुजङ्गपिहितद्वारं पातालमधितिष्ठति॥ ८० ॥

**सञ्जीविनी**—सा च सुरभिरिदानीं दीर्घं सत्रं चिरकालसाध्यो यागविशेषो यस्य तस्य प्रचेतसो हविषे दध्याज्यादिहविरर्थं भुजंगपिहितद्वारं भुजंगावरुद्धद्वारं ततो दुष्प्रवेशं पातालमधितिष्ठति। पाताले तिष्ठतीत्यर्थः। 'अधिशीङ्स्थासां कर्म' इति कर्मत्वम् ॥८०॥

**अन्वयः**—सा, च, इदानीम्, दीर्घसत्रस्य, प्रचेतसः, हविषे, भुजङ्गपिहितद्वारम्, पातालम्, अधितिष्ठति।

**वाच्य०**—तया, अधिष्ठीयते।

**व्याख्या**—सा = कामधेनुः, च = तथा, इदानीम् = अधुना, दीर्घम् = चिरकालसाध्यम्, सत्रम् = यागविशेषः, यस्य सः दीर्घसत्रः, तस्य दीर्घसत्रस्य, प्रचेतसः = वरुणस्य, हविषे = दध्यादिहविरर्थम्, भुजाभ्याम् = बाहुभ्याम्, गच्छन्ति

=यान्ति, इति भुजङ्गाः, सर्पाः, भुजङ्गैः, पिहितम्=अवरुद्धम्, द्वारम्=प्रवेश-मार्गः, यस्य तत् भुजङ्गपिहितद्वारम्, तत् पातालम्=रसातलम्, अधितिष्ठति =अध्यास्ते ।

**समा०**—दीर्घम् सत्रम् यस्य सः दीर्घसत्रः तस्य दीर्घसत्रस्य । भुजाभ्याम् गच्छन्ति इति भुजङ्गाः, भुजङ्गैः पिहितम् द्वारम् यस्य तत् भुजङ्गपिहितद्वारम् तत् भुजङ्गपिहितद्वारम् ।

**अभि०**—सा च कामधेनुरिदानीं चिरकालसाध्यं यागं कुर्वतो वरुणस्य भवने दध्याज्यादिहविःसंपादनाय पातालं गता आस्ते, यस्य मार्गः सर्पैरवरुद्धोऽस्ति ।

**हिन्दी** और वह कामधेनु इस समय चिरकाल साध्य वरुण के यज्ञ में दही, आदि हविष्य के लिये सर्पों से अवरुद्धमार्ग वाले पाताल में गई हुई है ॥८०॥

तर्हि का गतिरित्यत आह—

सुतां तदीयां सुरभेः कृत्वा प्रतिनिधिं शुचिः ।
आराधय सपत्नीकः प्रीता कामदुघा हि सा ॥ ८१ ॥

**सञ्जीविनी**—तस्याः सुरभेरियं तदीया तां सुतां सुरभेः प्रतिनिधिं कृत्वा शुचिः शुद्धः । सह पत्न्या वर्तत इति सपत्नीकः सन् । 'नद्युतश्च' इति कप्प्रत्ययः । आराधय । हि यस्मात्कारणात्सा प्रीता तुष्टा सती । कामान्दोग्धीति कामदुघा भवति । 'दुहः कब्धश्च' इति कप्प्रत्ययः, घादेशश्च ॥८१॥

**अन्वयः**—तदीयाम्, सुताम्, सुरभेः, प्रतिनिधिम्, कृत्वा, शुचिः, सपत्नीकः, 'सन्', आराधय, हि, सा, प्रीता, 'सती', कामदुघा, 'भवति' ।

**वाच्य०**—तदीया सुता सुरभेः प्रतिनिधिः शुचिना सपत्नीकेन 'त्वया' आराध्यताम्, तया प्रीतया कामदुघया 'भूयते' ।

**व्याख्या**—तस्याः=कमधेनोः इयम् तदीया ताम् तदीयाम्, सुताम्= दुहितरम्, सुरभेः=कामधेनोः, प्रतिनिधिम्=प्रतिच्छायाम्, कृत्वा=विधाय, शुचिः=शुद्धः, पत्न्या=भार्यया, सुदक्षिणया सह वर्तमानः सपत्नीकः, 'सन्' आराधय=सेवस्व, हि=यतः, सा=नन्दिनी, प्रीता=प्रसन्ना 'सती', कामान् मनोरथान्दोग्धि=प्रपूरयति, इति कामदुघा, 'भवति' ।

**समा०**—तस्याः इयम् तदीया ताम् तदीयाम्, पत्न्या सह वर्तमानः सपत्नीकः, कामान्दोग्धि इति कामदुघा ।

**अभि०**—इदानीं त्वं कामधेनुसुतां नन्दिनीं तत्प्रतिनिधिं कृत्वा शुद्धो भूत्वा सभार्यः सन् संसेवस्व, यतः सा प्रसन्ना भूत्वा मनोरथदात्री भवति।

**हिन्दी**—इस समय तुम कामधेनु की पुत्री नन्दिनी को ही उसकी प्रतिनिधि मानकर शुद्ध होकर भार्या सहित पूजा करो, क्योंकि प्रसन्न होने पर वह मनोरथ पूर्ण कर देती है ॥८१॥

इति वादिन एवास्य होतुराहुतिसाधनम् ।
अनिन्द्या नन्दिनी नाम धेनुराववृते वनात् ॥ ८२ ॥

**सञ्जीविनी**—इति वादिनो वदत एव होतुर्हवनशीलस्य। 'तृन्' इति तृन्प्रत्ययः। अस्य मुनेराहुतीनां साधनं कारणम्। नन्दयतीति व्युत्पत्त्या नन्दिनी नामानिन्द्यागर्ह्या प्रशस्ता धेनुर्वनादाववृते प्रत्यागता। 'अव्याक्षेपो भविष्यन्त्याः कार्यसिद्धेर्हि लक्षणम्' इति भावः ॥८२॥

**अन्वयः**—इति, वादिनः, एव होतुः, अस्य, आहुतिसाधनम्, नन्दिनी, नाम, अनिन्द्या, धेनुः, वनात्, आववृते।

**वाच्य०**—आहुतिसाधनेन, नन्दिन्या, अनिन्द्यया, धेन्वा, वनात्, आववृते।

**व्याख्या**—इति = इत्थम्, वादिनः = कथयतः, एव, होतुः = हवनशीलस्य, अस्य = मुनेः आहुतीनाम् = हवनसामग्रीणाम्, साधनम् कारणम्, इति आहुतिसाधनम्, नन्दिनी = तन्नाम्नी कामधेनुसुता, नाम = इति प्रसिद्धौ, निन्दितुम् योग्या निन्द्या, न निन्द्या अनिन्द्या, प्रशंसनीयेत्यर्थः, धेनुः = नवप्रसूता गौः, वनात् = काननात्, आववृते = आजगाम।

**समा०**—आहुतीनाम् साधनम् आहुतिसाधनम्, निन्दितुम् योग्या निन्द्या, न निन्द्या अनिन्द्या।

**अभि०**—एवं कथयत एव वसिष्ठस्य यज्ञे दध्याज्यादिसाधनभूता कामधेनुसुता नन्दिनी वनात्प्रत्याजगाम।

**हिन्दी**—वसिष्ठजी के ऐसा कहते हुए ही यज्ञ की आहुति दधि, घी आदि का साधन, कामधेनु की पुत्री नन्दिनी नाम की नई व्याई गाय वन से लौट आई ॥

संप्रति धेनुं विशिनष्टि—

ललाटोदयमाभुग्नं पल्लवस्निग्धपाटला।
बिभ्रती श्वेतरोमाङ्कं संध्येव शशिनं नवम् ॥८३॥

**सञ्जीविनी**--पल्लववत्स्निग्धा चासौ पाटला च। संध्यायामप्येतद्विशेषणं योज्यम्। ललाट उदयो यस्य स ललाटोदयः। तमाभुग्नमीषद्वक्रम्। 'आविद्धं कुटिलं भुग्नं वेल्लितं वक्रमित्यपि' इत्यमरः। 'ओदितश्च' इति निष्ठातस्य नत्वम्। श्वेतरोमाण्येवाङ्कस्तं बिभ्रती। नवं शशिनं बिभ्रती संध्येव स्थिता।

**अन्वयः**--पल्लवस्निग्धपाटला, ललाटोदयम्, आभुग्नम्, श्वेतरोमाङ्कम् बिभ्रती, नवम्, शशिनम्, "बिभ्रती" सन्ध्या, इव "स्थिता" "वनात् आववृते"।

**वाच्य०**--पल्लवस्निग्धपाटलया, बिभ्रतया, सन्ध्यया, इव, "स्थितया," वनात्, "आववृते"।

**व्याख्या**--स्निग्धा=मसृणा च असौ पाटला=श्वेतरक्ता च ति स्निग्ध-पाटला, ललाटे=मस्तके, उदयः=उन्नतिः यस्य सः ललाटोदयः तम्, आ= ईषद्, भुग्नः=वक्र इति आभुग्नः तम्, श्वेतानि=धवलानि च तानि, रोमाणि=लोमानि, इति श्वेतरोमाणि, तान्येव अङ्कः, तम्, श्वेतरोमाङ्कम् बिभ्रती =धारयन्ती, नवम्=नूतनम्, शशिनम्=चन्द्रमसम् "बिभ्रती," सन्ध्या= सायंकालः, इव=यथा, "स्थिता वनात् आववृत्ते"।

**समा०**--स्निग्धा चासौ पाटला च स्निग्धपाटला, पल्लववत् स्निग्धपाटला इति पल्लवस्निग्धपाटला। ललाटे उदयः यस्य स ललाटोदयः तम् ललाटोदयम्। आ ईषद् भुग्नः आभुग्नः तम् आभुग्नम्, श्वेतानि च तानि रोमाणि श्वेतरोमाणि, श्वेतरोमाणि एव अङ्कः श्वेतरोमाङ्कः, तम् श्वेतरोमाङ्कम्।

**अभि०**--यथा नवपल्लवसदृशं चिक्कणं श्वेतरक्तं वक्रं च द्वितीयाचन्द्रं धारयन्ती सन्ध्या शोभते तथैव तादृशं ललाटस्थं श्वेतरोमाङ्कं धारयन्ती नन्दिनी वनात् प्रत्यायाता शुशुभे।

**हिन्दी**--जिस प्रकार कोमल किसलय के समान चिकने, सफेद लाल तथा कुछ टेढ़े द्वितीया के चन्द्रमा को धारण करने वाली संन्ध्या सुशोभित होती है, उसी प्रकार, ललाट में स्थित वैसे ही रोमचिह्न को धारण करने वाली वन से लौटी नन्दिनी सुशोभित हुई ॥८३॥

भुवं कोष्णेन कुण्डोध्नी मेध्येनावभृथादपि।
प्रस्रवेनाभिवर्षन्ती वत्सालोकप्रवर्तिना॥ ८४ ॥

**सञ्जीविनी**—कोष्णेन किंचिदुष्णेन। 'कवं चोष्णे' इति चकारात्कादेशः। अवभृथादप्यवभृथस्नानादपि मेध्येन पवित्रेण, 'पूतं पवित्रं मेध्यं च' इत्यमरः। वत्सस्यालोकेन प्रदर्शनेन प्रवर्तिना प्रवहता प्रस्नवेन क्षीराभिस्यन्दनेन भुवमभिवर्षन्ती सिञ्चन्ती। कुण्डमिवोध आपीनं यस्याः सा कुण्डोध्नी। 'ऊधस्तु क्लीबमापीनम्' इत्यमरः। 'उधसोऽनङ्' इत्यनङादेशः। 'बहुव्रीहेरूधसो ङीष्' इति ङीष्।

**अन्वयः**—**कोष्णेन, अवभृथात्, अपि, मेध्येन, वत्सालोकप्रवर्तिना, प्रस्नवेन, भुवम्, अभिवर्षन्ती, कुण्डोध्नी, वनात्,** 'आववृते'।

**वाच्य०**—अभिवर्षन्त्या, कुण्डोध्न्या, वनात् आववृते।

**व्याख्या**—कोष्णेन = किंचिदुष्णेन, अवभृथात् = यज्ञाङ्गभूतस्नानविशेषात्, अपि, मेध्येन = पवित्रेण, वत्सस्य = तर्णकस्य, आलोकः = दर्शनम्, वत्सालोकः, वत्सालोकेन, प्रवर्तते = प्रवहति, इति वत्सालोकप्रवर्ती, तेन वत्सालोकप्रवर्तिना, प्रस्नवेन = अभिष्यन्दनेन, भुवम् = भूमिम्, अभिवर्षन्ती = सिञ्चन्ती, कुण्डम् = उखा 'पिठरः स्थाल्युखा कुण्डम्' इत्यमरः, तत् इव ऊधः = आपीनम् यस्याः सा कुण्डोध्नी, 'वनात् आववृते'।

**समा०**—ईषदुष्णं कोष्णम् तेन कोष्णेन, वत्सस्य आलोकः वत्सालोकः वत्सालोकेन प्रवर्तते इति वत्सालोकप्रवर्ती तेन वत्सालोकप्रवर्तिना, कुण्डम् इव ऊधः यस्याः सा कुण्डोध्नी।

**अभि०**—किञ्चिदुष्णेनावभृथनामकस्य यज्ञान्तस्नानस्य जलादपि पवित्रेण, स्ववत्सं निरीक्ष्य स्वयमेव प्रच्यवता दुग्धेन भूमिं सिञ्चन्ती कुण्डतुल्यापीनधारिणी नन्दिनी वनादाववृते।

**हिन्दी**—कुछ गरम तथा यज्ञान्तस्नानजल से भी पवित्र एवं बछड़े को देखकर स्वयं टपकनेवाले दूध से पृथ्वी को सींचती हुई स्थूल थन वाली नन्दिनी बन से लौटी ॥ ८४ ॥

रजःकणैः खुरोद्धूतैः स्पृशद्भिर्गात्रमन्तिकात्।
तीर्थाभिषेकजां शुद्धिमादधाना महीक्षितः ॥ ८५ ॥

**सञ्जीविनी**—खुरोद्धूतैरन्तिकात्समीपे गात्रं स्पृशद्भिः। 'दूरान्तिकार्थेभ्यो द्वितीया च' इति चकारात्पञ्चमी। रजसां कणैः महीं क्षियत ईष्टे इति महीक्षित्तस्य। तीर्थाभिषेकेण जातां तीर्थाभिषेकजाम्। शुद्धिमादधाना कुर्वाणा।

एतेन वायव्यं स्नानमुक्तम्। उक्तं च मनुना–'आग्नेयं भस्मना स्नानमवगाह्य तु वारुणम्। आपोहिष्ठेति च ब्राह्मं वायव्यं गोरजः स्मृतम्॥' इति॥८५॥

**अन्वयः**—खुरोद्धूतैः, अन्तिकात्, गात्रम्, स्पृशद्भिः रजःकणैः, महीक्षितः, तीर्थाभिषेकजाम्, शुद्धिम्, आदधाना, 'वनात् आववृते'।

**वाच्य०**—आदधानया, 'नन्दिन्या' वनात्, आववृते।

**व्याख्या**—खुरैः=शफैः, उद्धूताः=उत्थापिताः, इति खुरोद्धूताः तैः खुरोद्धूतैः, अन्तिकात्=समीपात्, गात्रम्=शरीरम्, स्पृशद्भिः=स्पर्शं कुर्वद्भिः, रजसाम्=धूलीनाम्, कणाः=लवाः, 'लवलेशकणाणवः' इत्यमरः। रजःकणाः, तैः रजःकणैः, महीम्=भूमिम्, क्षियते=ईष्टे, इति महीक्षित् तस्य महीक्षितः, तीर्थस्य=यज्ञस्य जलावतारस्य वा, अभिषेकः=अभिषिञ्चनम्, तीर्थाभिषेकः, तीर्थाभिषेकेण, जाता=उत्पन्ना, तीर्थाभिषेकजा ताम् तीर्थाभिषेकजाम्, शुद्धिम् पवित्रताम्, आदधाना=कुर्वाणा, 'नन्दिनी वनात् आववृते'।

**समा०**—खुरैः उद्धूताः खुरोद्धूताः तैः खुरोद्धूतैः। रजसाम् कणाः रजःकणाः तैः रजःकणैः। महीम् क्षियते इति महीक्षित् तस्य महीक्षितः। तीर्थस्य अभिषेकः तीर्थाभिषेकः तीर्थाभिषेकात् जाता तीर्थाभिषेकजा ताम् तीर्थाभिषेकजाम्।

**अभि०**—खुरोत्थापितैर्धूलिकणैः समीपे वर्तमानस्य राज्ञो दिलीपस्य गात्रस्पर्शं कुर्वद्भिः यथा तीर्थाभिषेकेण शुद्धिर्भवति तथैव शुद्धिं कुर्वाणा नन्दिनी वनात्प्रतिनिवृत्ता।

**हिन्दी**—समीप में स्थित राजा दिलीप के शरीर को स्पर्श करनेवाली खुरों से उठाई धूलि से तीर्थ जल में स्नान करने से उत्पन्न शुद्धि को करती हुई नन्दिनी वन से लौटी॥८५॥

तां पुण्यदर्शनां दृष्ट्वा निमित्तज्ञस्तपोनिधिः।
याज्यमाशंसितावन्ध्यप्रार्थनं पुनरब्रवीत्॥८६॥

**सञ्जीविनी**—निमित्तज्ञः शकुनज्ञस्तपोनिधिर्वसिष्ठः पुण्यं दर्शनं यस्यास्तां धेनुं दृष्ट्वा। आशंसितं मनोरथः। नपुंसके भावे क्तः। तत्रावन्ध्यं सफलं प्रार्थनं यस्य स तम्। अवन्ध्यमनोरथमित्यर्थः। याजयितुं योग्यं याज्यं पार्थिवं पुनरब्रवीत्॥

**अन्वयः**—निमित्तज्ञः, तपोनिधिः, पुण्यदर्शनाम् ताम् दृष्ट्वा, आशंसितावन्ध्यप्रार्थनम्, याज्यम्, पुनः, अब्रवीत्।

**वाच्य०**—निमित्तज्ञेन, तपोनिधिना, आशंसितावन्ध्यप्रार्थनः, याज्यः, पुनः, अोच्यत ।

**व्याख्या**—निमित्तम् = शकुनम्, जानाति = वेत्ति इति निमित्तज्ञः, तपसाम् = तपश्चर्याणाम्, निधिः = आकरः इति तपोनिधिः पुण्यम् = पवित्रम्, दर्शनम् = साक्षात्कारः यस्याः सा पुण्यदर्शना ताम्, ताम् = नन्दिनीम्, दृष्ट्वा = अवलोक्य, न वन्ध्यम् विफलम् इत्यवन्ध्यम् अवन्ध्यं च तत्प्रार्थनम् = याच्ञा इति, अवन्ध्यप्रार्थनम्, आशंसिते = मनोरथे अवन्ध्यप्रार्थनम् यस्य सः आशंसितावन्ध्यप्रार्थनः तम् आशंसितावन्ध्यप्रार्थनम्, याजयितुम् = यज्ञं कारयितुम् योग्यः याज्यः तम् याज्यम् राजानं दिलीपमित्यर्थः, पुनः = भूयः, अब्रवीत् = उवाच ।

**समा०**—निमित्तम् जानाति इति निमित्तज्ञः। तपसाम् निधिः तपोनिधिः। पुण्यम् दर्शनम् यस्याः सा पुण्यदर्शना ताम् पुण्यदर्शनाम् । न वन्ध्यम् अवन्ध्यम्, अवन्ध्यम् च तत्प्रार्थनम्, अवन्ध्यप्रार्थनम्, आशंसिते अवन्ध्यप्रार्थनम् यस्य सः आशंसितावन्ध्यप्रार्थनः, तम् आशंसितावन्ध्यप्रार्थनम् । याजयितुम् योग्यः याज्यः,तम् याज्यम् ।

**अभि०**—शकुनमर्मविद्वसिष्ठो मुनिरागतां नन्दिनीं दृष्ट्वा सफलप्रार्थनावन्तं भूयोऽपि दिलीपमुवाच ।

**हिन्दी**—शकुनशास्त्र के विद्वान् वसिष्ठ मुनि आई हुई पवित्रदर्शना नन्दिनी को देखकर सफलमनोरथ होनेवाले राजा दिलीप से पुनः बोले ॥८६॥

**अदूरवर्तिनीं सिद्धिं राजन्विगणयात्मनः ।**
**उपस्थितेयं कल्याणी नाम्नि कीर्तित एव यत् ॥८७॥**

**सञ्जीविनी**—हे राजन् ! आत्मनः कार्यस्य सिद्धिमदूरवर्तिनीं शीघ्रभाविनीं विगणय विद्धि । यद्यस्मात्कारणात्कल्याणी मङ्गलमूर्तिः । 'बह्वादिभ्यश्च' इति ङीष् । इयं धेनुर्नाम्नि कीर्तिते कथिते सत्यवोपस्थिता ॥८७॥

**अन्वयः**—राजन्, आत्मनः, सिद्धिम्, अदूरवर्तिनीम्, विगणय, यत्, इयम्, कल्याणी, नाम्नि, कीर्तिते, एव उपस्थिता ।

**वाच्य०**—त्वया, आत्मनः, सिद्धिः, अदूरवर्तिनी, विगण्यताम्, यत्, अनया, कल्याण्या, उपस्थितया, अभूयत ।

**व्याख्या**—राजन् = नृप, आत्मनः = स्वस्य, सिद्धिम् = मनोरथनिष्पत्तिम्, न, दूरे = विप्रकृष्टदेशे, विलम्बे इत्यर्थः, वर्तते तच्छीला, अदूरवर्तिनी, ताम् अदूर-

र्वतिनीम्, विगणय = जानीहि, यत् = यस्मात्, इयम् = एषा, कल्याणी = मङ्गल-मूर्तिः, नाम्नि = अभिधाने, कीर्तिते = कथिते, एव, उपस्थिता = प्राप्ता ।

समा०—न दूरे वर्तते तच्छीला अदूरवर्तिनी ताम् अदूरवर्तिनीम् ।

अभि०—हे राजन्निदानीं ते मनोरथसिद्धिरविलम्बमेव भविष्यति यत एषा मङ्गलमयी नन्दिनी मया नाम्न्युच्चारिते सत्येव सम्मुखमागता ।

हिन्दी—हे राजन्, अब आप अपनी मनोरथ सिद्धि शीघ्र ही पूर्ण हुई समझो, क्योंकि यह मङ्गलमूर्ति नन्दिनी नाम लेते ही सामने आ गई ॥८७॥

वन्यवृत्तिरिमां शश्वदात्मानुगमनेन गाम् ।
विद्यामभ्यसनेनेव प्रसादयितुमर्हसि ॥८८॥

सञ्जीविनी—वने भवं वन्यं कन्दमूलादिकं वृत्तिराहारो यस्य तथाभूतः सन् । इमां गां शश्वत्सदा । आ प्रसादादविच्छेदेनेत्यर्थः । आत्मनस्तव कर्तुः अनुगमनेनानुसरणेन । अभ्यसनेनानुष्ठातुरभ्यासेन विद्यामिव । प्रसादयितुं प्रसन्नां कर्तुमर्हसि ॥

अन्वयः—वन्यवृत्तिः, 'सन्', इमाम् गाम्, शश्वत्, आत्मानुगमनेन, अभ्यसनेन, विद्याम्, इव, प्रसादयितुम्, अर्हसि ।

वाच्य०—वन्यवृत्तिना 'सता' इयम् गौः प्रसादयितुम् अर्ह्यते ।

व्याख्या—वने = अरण्ये, भवम्, वन्यम्, कन्दमूलादिकमित्यर्थः, वृत्तिः = भोजनम् यस्यासौ वन्यवृत्तिः, 'सन्' इमाम् = पुरोवर्तिनीम्, गाम् = धेनुम् नन्दिनीम्, शश्वत् = निरन्तरम्, आत्मनः = स्वस्य अनुगमनम् = पश्चाद्यानम्, इति आत्मानुगमनम् तेन आत्मानुगमनेन, अभ्यसनेन = अभ्यासेन, अनुष्ठातुरिति शेषः, विद्याम् = शास्त्रम्, इव = यथा, प्रसादयितुम् = प्रसन्नां कर्तुम्, अर्हसि = योग्यो भवसि ।

समा०—वने भवम् वन्यम्, वन्यम् वृत्तिः यस्यासौ वन्यवृत्तिः । आत्मनः अनुगमनम् आत्मानुगमनम् तेन आत्मानुगमनेन ।

अभि०—यथाऽभ्यासेन विद्या प्रसन्ना सती हृदयं गता भवति तथैव त्वमपि वनकन्दमूलादिभिरेव आहारं विधायास्या अनुसरणेनेमां यावन्मनोरथसिद्धिर्भवति तावत्प्रसादय ।

हिन्दी—जैसे कि अभ्यास के द्वारा विद्या प्रसन्न हो जाती है उसी प्रकार हे

राजन्, तुम भी निरन्तर इस गाय का अनुसरण कन्द, मूल, फल खाकर करते हुए इसे प्रसन्न करो ॥८८॥

गोरनुसरणप्रकारमाह—

प्रस्थितायां प्रतिष्ठेथाः स्थितायां स्थितिमाचरेः ।
निषण्णायां निषीदास्यां पीताम्भसि पिबेरपः ॥८९॥

**सञ्जीविनी**—अस्यां नन्दिन्यां प्रस्थितायां प्रतिष्ठेथाः प्रयाहि । 'समवप्रविभ्यः स्थः' इत्यात्मनेपदम् । स्थितायां निवृत्तगतिकायां स्थितिमाचरेः स्थितिं कुरु । तिष्ठेत्यर्थः । निषण्णायामुपविष्टायां निषीदोपविश । विध्यर्थे लोट् । पीताम्भसि सत्यामपः पिबेः पिब ॥८९॥

**अन्वयः**—अस्याम्, प्रस्थितायाम्, प्रतिष्ठेथाः स्थितायाम्, स्थितिम्, आचरेः, निषण्णायाम्, निषीद, पीताम्भसि, अपः, पिबेः ।

**वाच्य**—'त्वया' प्रतिष्ठीयेत, स्थितिः आचर्येत, निषद्यताम्, आपः पीयेरन् ।

**व्याख्या**—अस्याम्=एतस्यां नन्दिन्याम्, प्रस्थितायाम्=प्रचलितायाम्, 'सत्याम्' 'त्वम्' प्रतिष्ठेथाः=प्रस्थानं कुरु, स्थितायाम्=गमनान्निवृत्तायाम्, 'सत्याम्' स्थितिम्=गमनान्निवृत्तिम्, आचरेः=कुर्याः, तिष्ठेत्यर्थः, निषण्णायाम्=उपविष्टायाम्, 'सत्याम्' निषीद=उपविश, पीतम्=पानविषयीकृतम्, अम्भः=जलम्, यया सा पीताम्भाः, तस्याम् पीताम्भसि 'सत्याम्', अपः=जलानि पिब=पानं कुरु ।

**समा०**—पीतम् अम्भः यया सा पीताम्भाः, तस्याम् पीताम्भसि ।

**अभि०**—यदेयं प्रचलति तदा त्वमपि प्रचल, यदा च तिष्ठति तदा तिष्ठ, एवं यदा निषीदति तदा निषीद तथा यदा जलं पिबति तदैव त्वमपि जलं पिबेति छायावदेनामनुसर ।

**हिन्दी**—हे राजन्, जब यह चले तब चलना, जब खड़ी हो तो खड़े होना, जब बैठे तो बैठना, जब जल पी चुके तब जल पीना, इस प्रकार छाया के अनुसार इसका अनुसरण करना ॥८९॥

वधूर्भक्तिमती चैनामर्चितामा तपोवनात् ।
प्रयता प्रातरन्वेतु सायं प्रत्युद्व्रजेदपि ॥९०॥

**सञ्जीविनी**—वधूर्जाया च भक्तिमती प्रयता सती गन्धादिभिरर्चितामेनां गां प्रातरा तपोवनात् । आङ् मर्यादायाम् । पदद्वयं चैतत् । अन्वेत्वनुगच्छतु । सायमपि प्रत्युद्व्रजेत् प्रत्युद्गच्छेत् । विध्यर्थे लिङ् ॥९०॥

**अन्वयः**—**वधूः, भक्तिमती, प्रयता, च, 'सती' अर्चिताम्, एनाम्, प्रातः, आ, तपोवनात्, अन्वेतु, सायम्, अपि, प्रत्युद्व्रजेत् ।**

**वाच्य०**—वध्वा, भक्तिमत्या, प्रयतया, 'सत्या', अर्चिता, एषा, प्रातः, अन्वीयताम्, प्रत्युद्व्रज्येत ।

**व्याख्या**—वधूः = स्नुषा, भक्तिः = श्रद्धा अस्ति अस्याः इति भक्तिमती, प्रयता = पवित्रा, च = अपि अर्चिताम् = पूजिताम्, एनाम् = नन्दिनीम्, प्रातः = प्रातःकाले, आ तपोवनात् = तपोवनपर्यन्तम्, अन्वेतु = अनुगच्छतु, सायम् = सन्ध्यासमये, अपि = तथा, प्रत्युद्व्रजेत् = प्रत्युद्गच्छेत् ।

**समा०**—भक्तिः अस्ति अस्याः इति भक्तिमती ।

**अभि०**—स्नुषा सुदक्षिणाऽपि पवित्रा सती भक्त्यैनां संपूज्य प्रातस्तपोवनसीमापर्यन्तमनुगच्छतु, सायं चास्या आगमनसमये तपोवनसीमायां स्थिता स्वागतपूर्वकमेनामाश्रममानयतु ।

**हिन्दी**—वधू सुदक्षिणा भी पवित्र होकर भक्तिपूर्वक इसकी पूजा करके प्रतिदिन प्रातःकाल तपोवन की सीमा तक इसे पहुँचाने जाये तथा सायंकाल के समय भी तपोवन की सीमापर पहुँचकर इसे स्वागत-पूर्वक आश्रम में लाये ॥९०॥

इत्याप्रसादादस्यास्त्वं परिचर्यापरो भव ।
अविघ्नमस्तु ते स्थेयाः पितेव धुरि पुत्रिणाम् ॥९१॥

**सञ्जीविनी**—इत्यनेन प्रकारेण त्वमा प्रसादात्प्रसादपर्यन्तम् । 'आङ् मर्यादाभिविध्योः' इत्यत्र वैभाषिकत्वादसमासत्वम् । अस्या धेनोः परिचर्यापरः शुश्रूषापरो भव । ते तवाविघ्नं विघ्नस्याभावोऽस्तु । 'अव्ययं विभक्ति–' इत्यादिनार्थाभावेऽव्ययीभावः । पितेव पुत्रिणां सत्पुत्रवताम् । प्रशंसायामिनिप्रत्ययः । धुर्यग्रे स्थेयास्तिष्ठेः । आशीरर्थे लिङ् । 'एर्लिङि' इत्याकारस्यैकारादेशः । त्वत्सदृशो भवत्पुत्रोऽस्त्विति भावः ॥९१॥

**अन्वयः**—**इति, त्वम्, आप्रसादात्, अस्याः, परिचर्यापरः, भव, ते, अविघ्नम् अस्तु, पिता, इव, पुत्रिणाम्, धुरि, स्थेयाः ।**

**वाच्य०**—त्वया, परिचर्यापरेण, भूयताम्, अविघ्नेन, भूयताम्, पिता, इव, स्थीयताम् ।

**व्याख्या**—इति = इत्थम्, त्वम् = दिलीपः, प्रसादम् = प्रसन्नताम्, अभिव्याप्य, इति आप्रसादम्, वरप्रदानपर्यन्तमित्यर्थः, अस्याः = एतस्याः, नन्दिन्याः, परिचर्यायाम् = शुश्रूषायाम्, परः = संलग्नः, इति परिचर्यापरः भवः = भवेः, ते = तव, दिलीपस्य, विघ्नानाम् = प्रतिबन्धानाम्, अभावः, अविघ्नम्, अस्तु = भवतु, पिता = जनकः, इव = यथा, पुत्राः = सुताः एषां सन्ति इति पुत्रिणः, तेषाम् पुत्रिणाम्, धुरि = अग्रे, स्थेयाः = तिष्ठेः ।

**समा०**—प्रसादम् अभिव्याप्य आप्रसादम् । परिचर्यायाम् परः परिचर्यापरः । विघ्नानाम्, अभावः अविघ्नम्, प्रशस्ताः पुत्राः सन्ति एषामिति पुत्रिणः, तेषाम् पुत्रिणाम् ।

**अभि०**—मयोक्तेन विधिना त्वमस्याः प्रसादपर्यन्तं सेवां कुरु । ते विघ्ना नश्यन्तु । तव पितेव शोभनपुत्रवतां त्वं श्रेष्ठो भवेः ।

**हिन्दी**—मेरी बतलाई विधि के अनुसार प्रसन्न होने तक तुम इसकी सेवा करो । तुम्हारे विघ्न नष्ट हों । अपने पिता के समान तुम भी पुत्रवालों में श्रेष्ठ होओ ॥९१॥

तथेति प्रतिजग्राह प्रीतिमान्सपरिग्रहः ।
आदेशं देशकालज्ञः शिष्यः शासितुरानतः ॥९२॥

**सञ्जीविनी**—देशकालज्ञः । देशोऽग्निसंनिधिः, कालोऽग्निहोत्रावसानसमयः । विशिष्टदेशकालोत्पन्नमार्षं ज्ञानमव्याहतमिति जानन् । अत एव प्रीतिमाञ्छिष्योऽन्तेवासी राजा सपरिग्रहः सपत्नीकः । 'पत्नीपरिजनादानमूलशापाः परिग्रहाः' इत्यमरः । आनतो विनयनम्रः–सन् । शासितुर्गुरोरादेशमाज्ञां तथेति प्रतिजग्राह स्वीचकार ॥९२॥

**अन्वयः**—**देशकालज्ञः, प्रीतिमान्, शिष्यः, सपरिग्रहः, आनतः, 'सन्', शासितुः आदेशम्, तथा, इति, प्रतिजग्राह ।**

**वाच्य०**—देशकालज्ञेन, प्रीतिमता, शिष्येण, सपरिग्रहेण, आनतेन, 'सता', आदेशः, प्रतिजगृहे ।

**व्याख्या**—देशः = अग्निसन्निधिश्च, कालः = अग्निहोत्रावसानसमयश्च, देश-

कालौ, तौ जानाति=वेत्ति इति देशकालज्ञः, 'अतएव' प्रीतिः=हर्षः अस्य अस्ति इति प्रीतिमान्, शासितुम्=अनुशासनं कर्तुम्, योग्यः शिष्यः अन्तेवासी, इत्यर्थः, परिग्रहेण=भार्यया सह वर्तते इति सपरिग्रहः। आनतः अतिनम्रः 'सन्' शासितुः=शासनकर्तुः गुरोर्वसिष्ठस्येत्यर्थः, आदेशम्=आज्ञाम्, तथा=तेनैव प्रकारेण, 'अस्तु' इति=इत्थम्, प्रतिजग्राह=स्वीचकार।

**समा०**—देशश्च कालश्च देशकालौ, देशकालौ जानाति इति देशकालज्ञः, प्रीतिः अस्य अस्ति इति प्रीतिमान्, शासितुम् योग्यः शिष्यः, परिग्रहेण सह वर्तते इति सपरिग्रहः।

**अभि०**—देशकालवित्सभार्यो दिलीपः प्रसन्नः सन्, गुरोर्वसिष्ठस्याज्ञां विनयावनतो भूत्वा जग्राह।

**हिन्दी**—देश तथा काल के मर्मज्ञ राजा दिलीप ने प्रसन्न होकर सुदक्षिणा सहित बड़ी नम्रतापूर्वक गुरुवसिष्ठ के आदेश को स्वीकार किया ॥९२॥

अथ प्रदोषे दोषज्ञः संवेशाय विशांपतिम्।
सूनुः सूनृतवाक्स्रष्टुर्विससर्जोर्जितश्रियम् ॥९३॥

**सञ्जीविनी**—अथ प्रदोषे रात्रौ दोषज्ञो विद्वान्। 'विद्वान्विपश्चिद्दोषज्ञः' इत्यमरः। सूनृतवाक्सत्यप्रियवाक्। 'प्रियं सत्यं च सूनृतम्' इति हलायुधः। स्रष्टुः सूनुर्ब्रह्मपुत्रो मुनिः। अनेन प्रकृतकार्यनिर्वाहकत्वं सूचयति। ऊर्जितश्रियं विशांपतिं मनुजेश्वरम्। 'द्वौ विशौ वैश्यमनुजौ' इत्यमरः। संवेशाय निद्रायै। 'स्यान्निद्रा शयनं स्वापः स्वप्नः संवेश इत्यपि' इत्यमरः। विससर्जाज्ञापयामास ॥९३॥

**अन्वयः**—अथ, प्रदोषे, दोषज्ञः, सूनृतवाक्, स्रष्टुः, सूनुः, ऊर्जितश्रियम्, विशाम्, पतिम्, संवेशाय, विससर्ज।

**वाच्य०**—दोषज्ञेन, सूनृतवाचा, स्रष्टुः सूनुना, ऊर्जितश्रीः, विशांपतिः, संवेशाय, विससृजे।

**व्याख्या**—अथ=अनन्तरम्, प्रदोषे=रात्रौ, दोषान्=अवगुणान् जानाति वेत्ति इति दोषज्ञः, विद्वान्, इत्यर्थः, 'विद्वान्विपश्चिद्दोषज्ञः' इत्यमरः, सूनृता=प्रिया सत्या च, 'प्रियं सत्यं च सूनृतम्' इत्यमरः, वाक्=वाणी यस्य असौ, सूनृतवाक्, सृजति=सृष्टिं करोति, इति स्रष्टा=ब्रह्मा तस्य स्रष्टुः सूनुः=पुत्रः, वसिष्ठ इत्यर्थः, ऊर्जिता=अधिका श्रीः=शोभा, यस्य असौ ऊर्जितश्रीः, तम्,

ऊर्जितश्रियम्, विशाम् = मनुजानाम्, पतिम् = स्वामिनम्, राजानं दिलीपम्, संवेशाय = स्वापाय, विससर्ज = आज्ञापयामास ।

**समा०**—दोषान् जानाति इति दोषज्ञः सूनृता वाक् यस्य सः सूनृतवाक्, सृजति इति स्रष्टा तस्य स्रष्टुः । ऊर्जिता श्रीः यस्य सः ऊर्जितश्रीः, तम् ऊर्जितश्रियम् ।

**अभि०**—अनन्तरं च रात्रौ सत्यप्रियवचनो वसिष्ठः सम्पत्तिसम्पन्नं राजानं निद्रार्थमाज्ञापितवान् ।

**हिन्दी**—तब रात्रि के समय सत्यप्रियभाषी वसिष्ठने लक्ष्मीसंपन्न राजा दिलीप को सोने के लिये आज्ञा दी ॥९३॥

सत्यामपि तपःसिद्धौ नियमापेक्षया मुनिः ।
कल्पवित्कल्पयामास वन्यामेवास्य संविधाम् ॥९४॥

**सञ्जीविनी**—कल्पविद्व्रतप्रयोगाभिज्ञो मुनिः तपःसिद्धौ सत्यामपि । तपसैव राजयोग्याहारसंपादनसामर्थ्ये सत्यपीत्यर्थः । नियमापेक्षया तदाप्रभृत्येव व्रतचर्यापेक्षया । अस्य राज्ञो वन्यामेव । संविधीयतेऽनयेति संविधाम् कुशादिशयनसामग्रीम् । 'आतश्चोपसर्गे' इति कप्रत्ययः । 'अकर्तरि च कारके संज्ञायाम्' इति कर्माद्यर्थत्वम् । कल्पयामास संपादयामास ॥९४॥

**अन्वयः**—**कल्पवित्, मुनिः, तपःसिद्धौ, सत्याम्, अपि, नियमापेक्षया, अस्य, वन्याम्, एव, संविधाम्, कल्पयामास ।**

**वाच्य०**— कल्पविदा, मुनिना, वन्या, एव, संविधा, चक्लृपे ।

**व्याख्या**— कल्पम् = व्रतप्रयोगम्, वेत्ति = जानाति इति कल्पवित्, मुनिः = वेदशास्त्रार्थतत्त्ववित्, वसिष्ठः, तपसः = तपश्चर्यायाः, सिद्धिः = निष्पत्तिः इति तपःसिद्धिः तस्याम् तपःसिद्धौ, सत्याम् विद्यमानायाम् अपि नियमस्य = व्रताचरणस्य अपेक्षा = तद्दृष्ट्या विचारणम् इति नियमापेक्षा तया नियमापेक्षया अस्य = दिलीपस्य, वने = अरण्ये भवा वन्या ताम् वन्याम् एव, संविधाम् = कुशास्तरणसामग्रीम्, कल्पयामास = रचयामास ।

**समा०**—कल्पम् वेत्ति इति कल्पवित्, तपसः सिद्धिः तपःसिद्धिः, तस्याम् तपःसिद्धौ । नियमस्य अपेक्षा तया नियमापेक्षया । वने भवा वन्या ताम् वन्याम् ।

**अभि०**—व्रतप्रयोगविदा मुनिना वसिष्ठेन तपःसिद्धया राजोचितशय्यासं-

पादनस्य सामर्थ्ये सत्यपि नन्दिनीशुश्रूषारूपव्रतकारणेन कुशादिभिरेव दिलीपस्य शय्या संपादिता ।

**हिन्दी**--व्रत प्रयोग में कुशल मुनि वसिष्ठ ने तप की सिद्धि से राजाओं के योग्य शय्या तैयार कर देने की सामर्थ्य होने पर भी दिलीप के लिये नन्दिनी-सेवा रूप व्रत का ध्यान रखते हुए कुशाओं के बिछौने का ही प्रबन्ध किया ॥९४॥

निर्दिष्टां कुलपतिना स पर्णशाला-
मध्यास्य प्रयतपरिग्रहद्वितीयः ।
तच्छिष्याध्ययननिवेदितावसानां
संविष्टः कुशशयने निशां निनाय ॥९५॥

**सञ्जीविनी**--स राजा कुलपतिना मुनिकुलेश्वरेण वसिष्ठेन निर्दिष्टां पर्णशालामध्यास्याधिष्ठाय तस्यामधिष्ठानं कृत्वेत्यर्थः । 'अधिशीङ्' इत्यादिनाधारस्य कर्मत्वम् । कर्मणि द्वितीया । प्रयतो नियतः परिग्रहः पत्नी द्वितीयो यस्येति स तथोक्तः । कुशानां शयने संविष्टः सुप्तः सन् । तस्य वशिष्ठस्य शिष्याणामध्ययनेनापररात्रे वेदपाठेन निवेदितमवसानं यस्यास्तां निशां निनाय गमयामास । अपररात्रेऽध्ययने मनुः--'निशान्ते न परिश्रान्तो ब्रह्माधीत्य पुनः स्वपेत्' इति गौतमश्च । प्रहर्षिणीवृत्तमेतत् । तदुक्तम्—म्नौ ज्रौ गस्त्रिदशयतिः प्रहर्षिणीयम् ॥

**अन्वयः**--प्रयतपरिग्रहद्वितीयः, सः, कुलपतिना, निर्दिष्टाम्, पर्णशालाम्, अध्यास्य, कुशशयने, संविष्टः, 'सन्' तच्छिष्याध्ययननिवेदितावसानाम् निशाम्, निनाय ।

**वाच्य०**--प्रयतपरिग्रहद्वितीयेन तेन संविष्टेन तच्छिष्याध्ययननिवेदितावसाना निशा निन्ये ।

**व्याख्या**—प्रयतः = पवित्रः, परिग्रहः = भार्या एव द्वितीयः = अपरः, सहायक इत्यर्थः यस्य सः, प्रयतपरिग्रहद्वितीयः, सः = दिलीपः, कुलस्य = मुनिसमूहस्य पतिः = स्वामी, कुलपतिः, तेन कुलपतिना, मुनिकुलेश्वरेणेत्यर्थः, निर्दिष्टाम् = विज्ञापिताम्, पर्णानाम् = पत्राणाम् शाला = भवनम् पर्णशाला ताम् पर्णशालाम्, अध्यास्य = अधिष्ठाय, कुशानाम् = कुथानाम्, शयनम् = शय्या, कुशशयनम्, तस्मिन्, कुशशयने, संविष्टः = सुप्तः, 'सन्' तस्य = वशिष्ठस्य, शिष्याः = छात्राः

तच्छिष्याः,तच्छिष्याणाम्,अध्ययनम्=पठनम्, वेदपाठ इत्यर्थः, तच्छिष्याध्ययनम्, तच्छिष्याध्ययनेन, निवेदितम्=सूचितम्, अवसानम्=समाप्तिः यस्याः सा तच्छिष्याध्ययननिवेदितावसाना, तां तथोक्ताम्, निशाम्=रात्रिम् निनाय= अनैषीत् ।

**समा०**——प्रयतः परिग्रहः यस्य सः प्रयतपरिग्रहः । कुलस्य पतिः कुलपतिः तेन कुलपतिना । पर्णानाम् शाला पर्णशाला, ताम् पर्णशालाम् । कुशानाम् शयनम् कुशशयनम् तस्मिन् कुशशयने । तस्य शिष्याः तच्छिष्याः, तच्छिष्याणाम् अध्ययनम् तच्छिष्याध्ययनम्, तच्छिष्याध्ययनेन निवेदितम् अवसानम् यस्याः सा तच्छिष्याध्ययननिवेदितावसाना, ताम् तच्छिष्याध्ययननिवेदितावसानाम् ।

**अभि०**——राजा दिलीपः सुदक्षिणया सह कुलपतिना वसिष्ठेन सूचितां पर्णकुटीं प्रविश्य कुशास्तरणे सुप्तवान् । तच्छिष्यैः कृतेन वेदघोषेण च रात्रिर्गतेति विज्ञाय प्रबुद्धः ।

**हिन्दी**——राजा दिलीप सुदक्षिणा के साथ कुलपति वसिष्ठ जी से बताई हुई पर्णकुटी में कुशासन पर सोये तथा उनके शिष्यों द्वारा किये गये वेदघोष से यह जान कर कि रात बीत गई है, जाग गये ॥ ९५ ॥

इति श्रीशांकरिधारादत्तशास्त्रिमिश्रविरचितायां 'छात्रोपयोगिनी' व्याख्यायां रघुवंशे महाकाव्ये वसिष्ठाश्रमाभिगमनोनाम प्रथमः सर्गः ।